1394543

TORFAEN LIBRARIES
WITHDRAWN

Book No.   1394543

La vaca

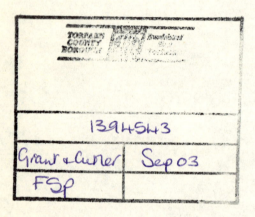

1394543
Grant & Cutler Sep 03
FSP

Augusto Monterroso

La vaca

ALFAGUARA

© 1998, Augusto Monterroso
© De esta edición:
   1999, Grupo Santillana de Ediciones, S. A.
   Torrelaguna, 60. 28043 Madrid
   Teléfono (91) 744 90 60
   Telefax (91) 744 92 24
   www.alfaguara.com

- Aguilar, Altea, Taurus, Alfaguara S. A.
Beazley 3860. 1437 Buenos Aires
- Aguilar, Altea, Taurus, Alfaguara S. A. de C. V.
Avda. Universidad, 767, Col. del Valle,
México, D.F. C. P. 03100
- Distribuidora y Editora Aguilar, Altea,
Taurus, Alfaguara, S. A.
Calle 80 N° 10-23
Santafé de Bogotá, Colombia

ISBN: 84-204-2289-4
Depósito legal: M. -1.878-1999
Impreso en España - Printed in Spain

Diseño:
Proyecto de Enric Satué
© Cubierta:
Pablo Rulfo y Teresa Ojeda. Stega Diseño

Todos los derechos reservados.
Esta publicación no puede ser
reproducida, ni en todo ni en parte,
ni registrada en o transmitida por,
un sistema de recuperación
de información, en ninguna forma
ni por ningún medio, sea mecánico,
fotoquímico, electrónico, magnético,
electroóptico, por fotocopia,
o cualquier otro, sin el permiso previo
por escrito de la editorial.

Índice

Epígrafe	9
Prólogo	11
La vaca	13
El susto del otro idioma	19
El diario de una duquesa	29
Desiderio Erasmo	35
Tomás Moro	39
Influencias	43
El humor de Tolstoi	49
El árbol	55
Memoria de Luis Cardoza y Aragón	61
Encuestas	71
Mi relación más que ingenua con el latín	83
Los fantasmas de Rulfo	89
El otro aleph	93
Milagros del subdesarrollo	115
Yo sé quién soy	117

La mano de Onetti	125
Premio Juan Rulfo	129
El autor ante su obra	135
La metamorfosis de Gregor Mendel	139
Vivir en México	147

Toda abundancia es estéril.
 MALLARMÉ (en una conversación).

Prólogo

Varios amigos me preguntaban: ¿cuándo publicas otro libro? Pacientemente he reunido los textos aquí incluidos. Si a estos amigos no les gustan, pueden culparse únicamente a sí mismos, pues yo siempre les decía: ¿para qué? Sólo quiero que me agradezcan las biografías de Erasmo y de Tomás Moro, de John Aubrey, que traduje para ellos.

La vaca

El poeta y su trabajo es el título general de una colección de cuatro volúmenes publicados por la Universidad de Puebla, México, entre 1980 y 1985, en los que se recogen «poéticas» y ensayos afines —desde Edgar Allan Poe— de poetas modernos: Rainer Maria Rilke, Wallace Stevens, Haroldo de Campos, Gottfried Benn, Allen Ginsberg, Giórgos Seféris, Paul Valéry y otros, en ese desorden. Comenzó la serie el argentino Raúl Dorra, y la continuó el argentino Hugo Gola.

Al leer en el primer volumen la Segunda parte del ensayo titulado «¿Cómo hacer versos?», de Vladimir Maiakovski, en el que éste se propuso explicar, a la manera de Poe, la forma en que concibió y escribió su célebre poema «A Serge Esenin» (futuro suicida él mismo, Maiakovski condena en ese trabajo el reciente suicidio de Esenin), encuentro lo siguiente: «En el lugar de un "monumento a Marx" se reivindicaba un monumento a la vaca. Y no a la vaca lechera al estilo de Sosnovski, sino a la vaca símbolo, a la vaca que da cornadas contra la locomotora».

Y esa locomotora me remonta al cuarto de la calle París que habité durante mi exilio de Santiago de Chile, en donde una mañana de septiembre de 1954 escribí una especie de poema en forma de cuento muy breve, o cuento en forma de poema en prosa muy breve, titulado «Vaca», que incluí cinco años más tarde en mi primer libro. Se trata de mi visión de una vaca muerta —«muertita», como en esa página se dice, a la manera mexicana— al lado de la vía férrea, y que yo percibo desde el lento tren en marcha, no atropellada por éste, ni por cualquier otro, sino muerta de muerte natural (vale decir, tratándose de una vaca boliviana del altiplano, seguramente de hambre) y, sin proponérmelo con claridad, convertida en ese momento por mí en símbolo del escritor incomprendido, o del poeta hecho a un lado por la sociedad. Durante mucho tiempo recordé con entera claridad haber visto esa vaca muerta, de carne y hueso y piel, en el alto desierto de Bolivia; pero ahora, no sé por qué suerte de capricho mental, pretendo no estar tan seguro y me gusta jugar con la idea de que quizás sólo la imaginé.

Sin embargo, la vaca como símbolo de algo triste y como tema literario apareció ante mí por primera vez cuando en la preadolescencia leí el cuento «Adiós, Cordera», de Leopoldo Alas, Clarín, que entonces me conmovió enormemente, y después he declarado hasta como una de mis influencias.

Pero he aquí que un día de octubre de 1986, en Managua, el poeta Carlos Martínez Rivas (a quien por cierto yo había llevado de obsequio los cuatro volúmenes publicados en México por Dorra y Gola), con el poeta español José María Valverde sentado sonriente entre él y yo, me preguntó a quemarropa que cómo era posible que yo hubiera declarado en público semejante barbaridad —la de aquella influencia—, siendo Leopoldo Alas (en general o sólo en sus cuentos, no recuerdo bien) un escritor tan malo.

Confieso que en ese momento, bajo los rayos del ardiente sol nicaragüense que daban en forma directa sobre mi cráneo desprotegido y me hacían recordar, sin decirlo, el buey de Rubén Darío y la vez que de muy niño éste se perdió en el campo y fueron a encontrarlo, según él mismo lo cuenta en su *Autobiografía*, debajo de las ubres, precisamente, de una vaca, fui débil, y le respondí apologético que yo declaraba ese cuento una influencia sentimental, como lectura que me había conmovido en la vida y me había enseñado a sentir; no como influencia artística, o formal.

—Ah, bueno; así sí —concedió Martínez Rivas, y yo prometí que en regresando a casa lo releería.

En ese mismo instante el poeta Valverde, el poeta Martínez Rivas y yo estuvimos de acuerdo en el viejo tópico consistente en lo peligrosa que puede ser la relectura de autores que en la niñez nos han parecido maravillosos. Pero yo ahora, sin volver a un lado la cara, ni por lo bajo, como dicen que hizo en su momento Galileo Galilei, pienso y me digo y lo declaro en voz alta: *E pur si muove.*

Ya en plena adolescencia, cuando emprendí vagos estudios de latín, se me aparece otra vaca en la fábula de Fedro que comienza:

Nunquam est fidelis cum potente societas

que me sirvió, o que conté de nuevo con variantes de intención y más tremendo final en otro de mis libros, sin pretender acaso simbolizar con ella la indefensión de los débiles cuando se quieren pasar de listos ante el poder. Pero los símbolos se obstinan en renacer de sí mismos, y uno sólo necesita colocarlos ahí para que vuelvan a serlo.

«Esenin», observa más adelante Maiakovski, «se había emancipado del idealismo campesino; pero tuvo, evidentemente, una recaída; así, junto a

> *El cielo es una campana*
> *la luna el badajo*

estaba la apología de la vaca».

Las vacas pueden ser utilizadas como símbolo de muchas cosas. Sólo es feo y triste ponerlas como símbolo de mansedumbre y resignación.

La vaca de Maiakovski dando cornadas contra la locomotora: mucho mejor.

El susto del otro idioma

Desde muy joven, casi desde niño, comencé a luchar con los idiomas, incluido el español; pero ahora quiero recordar mis problemas con los otros.

Cuando empecé a tratar de escribir, en Guatemala, sin maestros, sin escuela, sin universidad, tanteando aquí y allá, y en medio de la mayor inseguridad, suponía, tal vez no sin razón pero en todo caso en forma exagerada, que antes de escribir cualquier cosa debía saberlo todo sobre el tema escogido. Como es natural, esto me llevaba a no terminar nunca nada que emprendiera, con lo que fui acercándome peligrosamente al antiguo arquetipo del escritor que no escribe. Sin embargo, pronto principió a acecharme un peligro todavía peor: el de convertirme en el lector que no lee, debido a una nueva extravagancia, o exigencia absurda, que di en imponerme: la de leer al autor que fuera, de ser posible, en su idioma original (gracias a lo cual, bendito sea Dios, leí durante la mayoría de mis años formativos a cuanto clásico español se me pusiera enfrente, en mi casa y en las bibliotecas públicas).

¿Cómo —pensaba en mi delirio— voy a leer a Horacio, a Dante, a Molière o a Shakespeare en traducciones las más de las veces —por lo que oía— malas por descuido o deliberadamente amañadas? Acuciado por esta preocupación, me entregué al estudio del latín, del italiano, del francés y del inglés, ya fuera a solas en mi casa, con profesores *ad hoc,* o asistiendo fugazmente a academias de idiomas, por lo general más bien comerciales.

Debo confesar, no sin inmodestia, que gracias a esto, a un esfuerzo sostenido durante muchos años, y al gusto mismo de la cosa, con el tiempo algo logré en lo que se refiere a la lectura de por lo menos el inglés y el francés; pero que en buena medida fracasé con el latín y el italiano, este último quizá por considerar, como muchos lo hacen y en forma equivocada, que a nosotros este idioma nos resulta más fácilmente comprensible, tanto leído como oído, antes de toparse uno con la experiencia viva de que esto es una absoluta ilusión.

¿En cuanto a hablarlos?

Leyendo el otro día *Los escenarios de la memoria,* de José María Castellet, encontré que este admirado autor cuenta en su ensayo «Mary McCarthy y las lechuzas», que dicha Mary, sentada a su lado durante un coloquio sobre el realismo llevado a cabo en algún lugar de España en 1963, le dijo de pronto:

—*Est-ce qu'on pourrait parler un moment après la séance?*
y que él naturalmente le respondió que sí, que claro, que después de la sesión tomarían una copa en algún lugar del bar y charlarían.

Y aquí debo manifestar mi envidia. Me pregunto qué habría hecho yo en tal caso. Tal vez se me habría ocurrido lo de la copa; pero, ¿cómo decírselo? ¿Y por qué Mary me hablaba en francés y no en inglés como yo hubiera esperado de una norteamericana? ¿Cómo se dice tomar en francés? ¿Y la copa? ¿Como *drink* o trago en inglés o simplemente como copa en español (el *cyathus* latino, por supuesto, estaba eliminado por su propio peso)? Bueno, la verdad es que decidirme por una forma u otra me habría costado tanto esfuerzo mental que sin duda el resto de esa sesión del coloquio sobre el realismo, que adoro, se habría convertido para mí en algo insufrible. El temor de que tal cosa pueda sucederme me ha hecho declinar siempre cualquier oportunidad de tratar a escritores de otro idioma, a menos que las dificultades sean tan obvias que ya nada importe, como en el caso de los rusos, checoslovacos o búlgaros.

Ahora bien, puedo aducir en mi descargo mi antigua sospecha de que, salvando las distancias, algo parecido fue lo que pudo ocurrirles (a veces estoy por asegurarlo) a Marcel Proust y a James Joyce cuando, sin duda para su tormento (Joyce se presentó convenientemente ebrio), amigos comunes los hicieron reunirse en una cena en honor de Stravinsky, en París, y ahí Proust confesó que apenas si conocía la obra de Joyce y éste lo mismo en cuanto a la de Proust, y Joyce no hizo otra cosa que quejarse de sus ojos y de sus dolores de cabeza y Proust de sus males de estómago, cosas que a ninguno de los dos le interesaban, para que pocos minutos después ambos se despidieran asustados el uno del otro y huyeran a refugiarse en sus habitaciones a pensar (y es seguro que a ver con toda claridad) cómo se decía tal cosa en el idioma del otro, sumidos en el más perfecto *esprit d'escalier*. Y, no obstante, para entonces Proust ya había traducido del inglés a John Ruskin, y Joyce no sólo había leído ya en francés a Edouard Dujardin sino también aprovechado al máximo el monólogo interior experimentado por éste. Lo que va de leer a hablar un idioma.

Y a propósito de Stravinsky, recuerdo otros casos de disgusto o franca irritación producidos por la necesidad de hablar idiomas ajenos, pero en especial el francés, cuya pronunciación quizá sea la más difícil de adquirir y usar sin sentir que uno hace un poco o un mucho el ridículo, sobre todo, y no sería nada del otro mundo averiguar por qué, tratándose de ingleses de Inglaterra, tan insulares ellos.

No estoy solo. No estamos solos.

Viene con facilidad a mi memoria el libro de Robert Craft *Restrospectives and Conclusions,* traducido al castellano como *Ideas y recuerdos,* en cuyas páginas de diario este amigo de Stravinsky incide en varias oportunidades, sin quererlo de manera específica, en el tema que me ocupa, como cuando Evelyn Waugh y su esposa llegan una noche invitados a cenar por Stravinsky y a éste (que hablaba fluidamente francés, alemán e inglés, además, claro, del ruso) se le ocurre responder a algo en francés «tratando de disculpar el cambio de lengua con un cumplido sobre el diálogo en francés que se encuentra en *Scott-King's Modern Europe;* pero el señor Waugh lo ataja, diciendo que no domina bien ese idioma para conversar con él, y, al contradecirlo la señora Waugh ("Pero eso es una tontería, querido, tu francés es muy bueno") recibe ésta una buena reprimenda en tono injurioso». Que es lo que uno desea hacer, me parece, cuando la señora de uno dice lo mismo en parecidas circunstancias; pero, como se sabe, ningún marido de lengua española injuria en público a su esposa.

Nancy Mitford, novelista y biógrafa inglesa, cuenta en su encantador libro *Voltaire in Love* (traducido en español como *Los amores de Voltaire*):

> [Voltaire] llegó [a Inglaterra] conociendo el inglés como una lengua muerta; podía leerlo y escribirlo, pero no hablarlo. Una entrevista con Pope, que no sabía francés, fue tan decepcionante que Voltaire se retiró a la casa de Fawkner por tres meses y sólo reapareció en la sociedad londinense cuando estuvo en condiciones de hablar con fluidez.

Me gustaría haber sido testigo de esa fluidez.

También Virginia Woolf estuvo siempre temerosa de estos encuentros. El 23 de julio de 1919 escribía a su amiga Janet Case:

> Katherine Murry [Katherine Mansfield] va al extranjero pronto, creo que a San Remo. Tomo té con ella y se ve muy enferma, aunque dice estar mejor. Ha escrito varios cuentos, que pensamos publicar. Todo el mundo está ahora montando editoriales privadas. De hecho, en

este momento debería estar vistiéndome para recibir a una pareja francesa (los Bussy), quienes desean montar una en Francia. Qué gran lata: no puedo hablar una sola palabra en francés. Y no sé cómo uno va a hablar en francés de cosas de imprenta cuando ni siquiera puede hablar del clima.

Y todavía tres años más tarde, el 9 de junio de 1922, en carta a su

> Querida Ottoline:
> Los Bussy nos caen bien; debería gustarnos verlos; pero hemos de confesarlo, no podemos hablar francés. Se hace un horrible silencio. Simon se enfurece. Se dirige a nosotros en francés, y nosotros le contestamos en inglés. De alguna manera esto hace ininteligibles ambos idiomas. De modo que podemos echar a perder la reunión.

(Viene al caso: en su ensayo titulado «Dorothy Strachey existe», Bárbara Jacobs anota:

> Por cierto, la enemistad de Lytton [Strachey] hacia Simon Bussy también se fundó, en apariencia, en la diferencia

de idiomas, en lo que coincidía con Virginia [Woolf]. En Lytton, a esta desventaja habría que añadir el concepto que él tenía de los franceses y que se resume en una frase de dos palabras: son tontos.)

Yo no estoy muy seguro de que siempre lo sean; pero, en todo caso, esto es a veces lo que uno prefiere creer de los otros cuando es incapaz de hablar su lengua.

Entre mis innumerables experiencias personales al respecto, no puedo olvidar la vez que en una cena, en París, me tocó de compañero de mesa un obispo francés de África Central, quien me habló todo el tiempo en su idioma, o sea el francés, a tal velocidad, que yo opté por contraatacarlo en latín (del que orgullosamente, según me dijo, no entendía nada ni deseaba entender, pues la Iglesia lo había liberado de esa carga), mediante el recurso de recitarle viejas fábulas latinas, y, en el momento en que las que sabía de memoria se me acabaron, hexámetro tras hexámetro del poema *Rusticatio mexicana,* que mi compatriota, el jesuita Rafael Landívar, había compuesto gloriosamente en latín, en Bolonia, durante el destierro general jesuítico del siglo XVIII, y que yo había aprendido de memoria cuando, como recordé al principio de estas líneas, me asaltó aquella manía, nunca satisfecha del todo, de leer a los autores en su idioma original.

El diario de una duquesa

Conocedor de mi afición por la obra de Miguel de Cervantes —y sin duda por los Diarios como género literario— el editor catalán Javier Pérez me obsequió hace algún tiempo en Barcelona un ejemplar recién salido de la imprenta de *El diario de la duquesa*, de Robin Chapman, novelista inglés contemporáneo nuestro. La duquesa, para decirlo pronto, es ni más ni menos que aquella encantadora amazona que el caballero andante don Quijote de la Mancha y su escudero se encuentran en los alrededores de un castillo en el capítulo XXX de la Segunda parte de sus aventuras, castillo que por cierto era el primero —si la expresión no resulta demasiado extravagante— de carne y hueso con que el caballero se topaba. Contra lo que sucede en el libro de Cervantes, en el de Robin Chapman ella tiene nombre, María Isabel, duquesa de Caparroso, y también lo es (quiero decir de carne y hueso); pero a esto volveré más tarde.

El acto de imitar parece ser una necesidad innata en el hombre, y es muy probable que lo sea en todo ser viviente. El niño comienza por imitar a sus padres; y ya se sabe que si éstos son lo suficientemente vivos, a su tiempo imitarán a aquél.

Literariamente, Oscar Wilde le ganó la partida a Aristóteles cuando a finales del siglo pasado aseguró que la Naturaleza imita al Arte; frase, como buena parte de las suyas, mucho más misteriosa de lo que a primera vista parece.

De pronto, cuando encuentran algo nuevo, los músicos, los pintores y otros artistas se imitan unos a otros, dando así lugar al nacimiento de las llamadas «escuelas», o «épocas». Y bastante de lo mismo sucede con algunos escritores, cuyos estilos, que la crítica califica con ligereza de inimitables, son en realidad los más fáciles de imitar, de la misma manera que sus ideas o temas centrales. Así vemos, para recurrir tan sólo a dos ejemplos de nuestro siglo, pesadillas de Franz Kafka por docenas, y el rostro de Jorge Luis Borges repetido mil veces en los abominables espejos de sus imitadores de última hora.

Vuelvo a *El diario de la duquesa,* que constituye, y a eso iba, una imitación *sui generis,* una imitación que lo es y no al mismo tiempo.

Robin Chapman viene a ser el último —que yo sepa, por supuesto— de quienes han escrito una novela, un cuento, un relato, un texto cualquiera, a partir de un pasaje o de un personaje del *Quijote*. Pero no se trata ahora de los imitadores abiertos, o sólo a medias declarados, que han sido innumerables en la Gran Bretaña, desde el siglo XVIII hasta nuestros días, sino de aquellos que, sin más, retoman en algún punto el relato cervantino y se echan alegremente a contar, ya sea a la manera de Cervantes o a la suya propia. Puede que de éstos haya habido muchos, pero ni los conozco a todos ni me interesa ahora averiguarlo.

Por lo que hace a nuestro idioma, el caso del supuesto Alonso Fernández de Avellaneda es tan conocido que bastaría con su simple mención para pasar sencillamente a otra cosa. Pero hay que decir que ese malhechor Avellaneda tiene el raro «mérito» de haber sido el primero de la serie, y el más extraño aún de haber dado pie para que el propio Cervantes se apoderara de uno de sus (de Avellaneda) fingidos personajes, don Álvaro Tarfe, y lo manejara a su antojo, dando así origen a este juego especular en que las figuras y las situaciones se reproducen y brincan de libro a libro como fantásticos ecos de sí mismas.

Más tarde, de segunda mano, he sabido de imitaciones cervantinas llevadas a cabo por Pedro Calderón de la Barca y por Juan Meléndez Valdés, pero jamás las he visto. Esa segunda mano es la del gran prosista y patriota ecuatoriano Juan Montalvo, quien en la segunda mitad del siglo XIX se demora cien páginas de intenso prólogo para justificar su atrevimiento de escribir y publicar sus, a estas fechas, olvidados y probablemente jamás leídos sin escarnio *Capítulos que se le olvidaron a Cervantes. Ensayo de imitación de un libro inimitable*. Hoy tenderíamos a pensar que su temeridad no era para tanto. Pero también es verdad que la sombra de Cervantes lo oscurece sin apelación.

De manera fácil acude asimismo a la memoria la discutida *Vida de don Quijote y Sancho* de Miguel de Unamuno, si bien es cierto que aquí ocurre lo contrario: es la sombra del propio rector de Salamanca la que se abate, con sus tremendos comentarios, sobre tres pobres seres indefensos: Cervantes, don Quijote y Sancho, aparte de quien también quiera salir a pelear.

Mucho más tranquilo, como siempre, se muestra José Martínez Ruiz, Azorín, a quien me gusta suponer el inaugurador moderno de la costumbre de tomar personajes de la historia cervantina y hacerlos actuar por su cuenta tocados por la locura, independientemente de su primer creador y su prestigio.

Y es en este espíritu azorinesco, por fin, en el que la duquesa del escritor inglés escribe su diario íntimo, por el cual nos enteramos de varias cosas novedosas: los duques habían invitado a vivir una temporada —a través de los siglos los encumbrados lo han hecho siempre con los autores de moda— en su castillo de Navarra a un Miguel de Cervantes lleno ya de la fama acarreada por la Primera parte de su libro, y hacían fiestas en su honor y organizaban pantomimas y farsas con sus personajes; lo han tenido durante días como quien dice a la mano, y la duquesa se ha enamorado de él, de su sabiduría y su serenidad, tan ajenas al carácter inquieto y a la franca brutalidad del duque, dedicado a la caza de jabalíes y campesinas. El escritor, melancólico, ve pasar esos días y observa, y en aquel ambiente de fiesta y bullicio se las arregla para escribir trozos de la continuación de su novela. Llega así el momento en que Miguel de Cervantes se despide sin pesar de aquellos anfitriones comprensivos y amables, y de aquel mundo tan ajeno a él y a su vida de privaciones, al que jamás volverá.

Años después, un día de 1615 el duque se presenta jubiloso en el castillo con un ejemplar de la Segunda parte de la novela, acabada de salir de la imprenta. Y en ella están él y su esposa la duquesa (quien la lee ávida la primera), con su capellán obtuso, con su inmensa mediocridad y sus mojigangas montadas en honor de su invitado el escritor famoso, convertidas ahora por éste en imaginarias aventuras de don Quijote, ellos mismos —duques verdaderos, personas de realidad real— transformados en personajes de ficción, y ella, precisamente ella, que amó al escritor en silencio, con su secreta enfermedad puesta allí a la vista de la gente —para burla e irrisión de sus amigas— por aquel que se dejó manipular y querer mientras, como era su costumbre, armaba fantasías con la verdad, y sonreía suavemente, y les permitía divertirse con él a su antojo.

Es esto, y su enamoramiento de Cervantes hasta el fin, y su veneración resentida, lo que María Isabel, duquesa de Caparroso, registra con amargura en su Diario, «descubierto», «traducido al inglés» y publicado por Robin Chapman en Londres, y ahora retraducido y sacado a la luz en Barcelona, en donde, como se sabe, don Quijote estuvo ocasionalmente de visita, en una imprenta que bien podría ser la antecesora de ésta que ahora lo hace, dentro de la vieja tradición, más fantástico y más real.

Desiderio Erasmo

En Brief Lives, *de John Aubrey (1627-1697).*
(Traducción de A. M.)

Su nombre era Gerard Gerard, que él tradujo por *Desiderius Erasmus*. De Rotterdam. No le gustaba el pescado, aunque nacido en un pueblo de pescadores.

Fue engendrado (como dicen) detrás de la puerta. Su padre tomó gran cuidado en enviarlo a una excelente escuela, que estaba en Dusseldorf, en Cleveland. Siendo un muchacho delicado, su madre no lo confió a una pensión, sino que tomó una casa cercana, y le preparaba cordiales.

Pertenecía a la orden de los agustinos, cuyo hábito era el mismo que usaba el encargado de la Casa de la Peste en Pisa, Italia, así que, caminando en esa ciudad, la gente le hacía señas de que se quitara del camino, tomándolo por el encargado de esa casa, y como él no entendía lo que le querían decir, seguía su camino, hasta que uno le dio de palos. De regreso en Roma puso una queja y consiguió la dispensa del hábito.

Estudió un tiempo en el Queens College en Cambridge. Su habitación daba sobre el agua. Menciona su estadía ahí en una de sus *Epístolas* y condena la cerveza local.

Sir Charles Blount, de Maple-Durham, en Com. Oxon. (cerca de Reading) fue su alumno (en sus *Epístolas* hay algunas para él) y deseaba que Erasmo le hiciera el favor de sentarse para pintar su retrato, y él así lo hizo, y es una pieza excelente que posee mi primo John Danvers, de Baynton (Wiltz); la abuela de su esposa era hija o nieta de Sir Charles Blount.

Fue una lástima que semejante rareza tuviera que ser enajenada de la familia; pero la sucesión varonil se extinguió no ha mucho. Uno de estos días me ocuparé de conseguirlo para la Biblioteca de Oxford.

Tuvo la rectoría de Aldington en Kent, la cual es tal vez un lugar unos tres grados más saludable que la rectoría del doctor Pell en Essex. Me extraña que no hayan podido encontrar para él una mejor promoción; pero veo que estando el Sol y Aries en la segunda casa, él no nació para ser hombre rico.

John Dryden, Esq., Poeta Laureado, me cuenta que hubo una gran amistad entre el bisabuelo de su padre y Erasmus Roterodamus, que Erasmo fue padrino de uno de sus hijos, y que el nombre de pila de Erasmo se ha conservado en la familia desde entonces. El segundo hijo del poeta se llama Erasmo.

Solía decirse que Erasmo se encontraba interdependiente del cielo y del infierno, hasta que, por el año de 1655, el Cónclave de Roma lo condenó por hereje, después de ciento veinte años de muerto.

Su más profunda teología se encuentra donde uno menos podría esperarla, a saber, en sus *Coloquios,* en un diálogo entre un carnicero y un pescadero.

Julio Escalígero compitió con Erasmo, pero no logró nada con esto, pues, como dijo Fuller, era como un tejón, que pela los dientes pero nunca muerde.

Fue el *Πρόδρομος* (precursor) de nuestro saber, y el hombre que convirtió los caminos fragosos y no frecuentados en parejos y transitables.

Tomás Moro

(Ibídem)

Sir Tomás Moro, Lord Canciller. Su casa de campo estaba en Chelsey, Middlesex, en donde sir John Danvers construyó la suya. En el lugar en que ahora se halla la puerta, adornada con dos nobles pirámides, se encontraba antiguamente una casa-entrada, plana en su parte alta, emplomada, desde la cual había una vista de lo más agradable del Támesis y del campo en lontananza.

En este lugar el canciller Moro solía complacerse en la contemplación.

Una vez sucedió que un loco se acercó con la idea de arrojarlo desde el pretil, mientras decía:

—Salta, Tom, salta.

El canciller, que estaba vestido con su toga, era, por otra parte, lo suficientemente anciano e incapaz de luchar con semejante energúmeno; así que, teniendo con él un pequeño perro, le dijo:

—Tiremos primero al perro y veamos en qué para este juego.

Y tiraron al perro.

—Es un juego muy bonito —dijo Milord—; ve por él y probemos de nuevo.

Mientras el loco se dirigía abajo, Milord echó el cerrojo a la puerta y llamó pidiendo ayuda; pero desde entonces mantuvo aquélla cerrada.

(Hasta el comienzo de la Guerra Civil los locos podían viajar a través del país, habiendo sido hasta entonces pobres hombres perturbados recluidos en la casa de orates, en la que recobraban algo de cordura como para poder salir a pedir limosna. Para esto llevaban en el brazo izquierdo un brazalete de cerca de cuatro pulgadas de largo y con ciertas palabras impresas, que no podían quitarse. Alrededor del cuello llevaban también colgado de una cuerda un cuerno de buey, que hacían sonar cuando llegaban a una casa a pedir limosna; ponían en él la bebida que se les diera y lo cerraban con un tapón. Desde la Guerra no recuerdo haber vuelto a ver a ninguno.)

En su *Utopía* se establece como ley que las parejas de jóvenes deben verse el uno al otro completamente desnudos antes de casarse. Sir William Roper, de Eltham, en Kent, se presentó una mañana muy temprano a ver a Milord para pedirle en matrimonio a una de sus hijas. Ambas hijas de Milord se encontraban dormidas juntas en una cama en la recámara de su padre. Milord introdujo a sir William en la recámara, y tomando la sábana por una esquina la levantó de pronto. Ellas estaban sobre sus espaldas con el camisón levantado a la altura de las axilas.

Cuando despertaron se dieron vuelta inmediatamente y quedaron sobre sus barrigas.

Dijo Roper:

—He visto ambos lados —y pasándole la mano sobre las nalgas a una de ellas, la escogió diciendo: Tú eres mía.

Y ésa fue toda la molestia del cortejo. Obtuve este relato de mi honorable amiga Mrs. Tyndale, cuyo abuelo, sir William Stafford, fue íntimo amigo de este sir William Roper, quien le contó la historia.

Influencias

De modo natural, el escritor a quien en una entrevista se le pregunta por sus influencias comienza con razón por asustarse un poco, realiza un rápido repaso de sus lecturas más antiguas, y trata de encontrar en él los nombres de aquellos cuatro o cinco autores que más lo atrajeron de niño, o de muy joven. Y entonces, la mayoría de las veces, sale con una declaración simplista.

Yo no recuerdo ahora qué número de autores ni a quiénes habré mencionado entre las mías. Pero debo suponer que en cada ocasión mis respuestas habrán dependido de mi inseguridad, de la prisa, de las circunstancias o de la presión ejercida por el entrevistador o por la entrevistadora, e imagino que habré contestado no tanto lo que yo pensara de veras en ese instante, sino lo que supondría que ellos esperaban oír de mí.

A lo largo de una carrera literaria las influencias se presentan en las más diversas formas: en la atracción por ciertos temas, en los modos de expresarse de algún escritor, en la brillantez de aquel otro, o en las ideas del de más allá, y es verdad que incontables veces lo que uno considera una influencia viene a ser tan sólo un sincronismo entre la lectura de un momento dado y la experiencia que en esa etapa de la vida esté uno afrontando. En esa coyuntura, feliz o aciaga, uno se agarra de determinado autor y adquiere o adopta sus puntos de vista sobre no importa qué asunto, sus afirmaciones, sus negaciones, y hasta sus manías. Y todo eso será recordado más tarde como una influencia.

Con frecuencia uno es injusto o, peor, ingrato, con un buen número de autores a los que debe mucho, sea en materia de oficio o de apreciación de la conducta humana y el mundo. Un escritor está recibiendo influencias cada día y cada minuto, y si es listo se va dejando alimentar hasta por aquellos en apariencia menos significativos. Pero le resulta más cómodo y mucho más elegante pensar y declarar que algo le debe a Cervantes, a Swift o a Melville, y a dos o tres que han estado siempre con él. Y Cervantes y Swift y Melville no tienen nada que ver entre sí en cuanto a estilo, ni en sus respectivas maneras de interpretar al hombre y su locura: son tres locos diferentes, y el que los lee y los sigue, otro.

Es un hecho también que existen influencias positivas y negativas, polos opuestos, fuerzas antagónicas que tiran de uno en cada etapa de la vida. Y uno, como puede, continúa navegando acompañado por éste o por el otro, en un vaivén dentro del cual, si tiene suerte, encuentra de vez en cuando cierta estabilidad anímica que puede durarle tres meses, seis meses, digamos un año, para en seguida sentir de nuevo que no sabe en dónde está parado, ni si el cómplice —para llamarlo de alguna manera que no sea «modelo»— al que ha seguido hasta aquí era en realidad el mejor. Y si uno sigue pensando termina por distinguir entre las influencias que son para la vida y las que son para el arte, que idealmente deberían convertirse en una sola cosa: vida-arte, arte-vida, idealmente como una sola cosa.

En la primera juventud el futuro escritor escoge o se fija las normas de calidad y de conducta que según él regirán su trabajo artístico y sus posiciones ante la sociedad. En esto último suele engañarse. Quizá en su juventud crea sentir el llamado de la revolución y hasta llegue a manifestarse en las calles como revolucionario ante el escándalo familiar: es evidente que alguien está influyendo en él entonces, y entonces todo va bien. Pero puede llegar el momento en que esa influencia desaparezca y su espíritu adquiera la forma que tenía destinada desde el principio: el conservadurismo y la resistencia al cambio. Y están los conservadores juveniles que en la madurez se rebelan y manifiestan en forma abierta su repudio a la sociedad que les ha dado todo. Y así, los escritores viven y escriben, fueron influidos por algunos de sus antecesores o sus contemporáneos, y a su tiempo, si llegan a ser algo, transmitirán quizás su propia influencia.

He anotado aquí los nombres de Miguel de Cervantes, de Jonathan Swift y de Herman Melville; tendría que añadir los de Quinto Horacio Flaco y Miguel de Montaigne, así, como han ido saliendo. Cinco autores entregados a lo suyo hasta el último día de sus vidas, sus vidas mezcladas enteramente con su arte; dedicados a observar, aceptar o rechazar: tres de ellos con una sonrisa; dos, con amargura irremediable. Si es que he de hablar de mí, desde muy joven caí en sus brazos, por no decir que en sus garras.

Con el tiempo vendrán otros, decenas, tal vez cientos de otros; pero son aquéllos los que te vigilarán y te cuidarán. Quizás muy de tarde en tarde puedas esperar de su comprensión una palmada afectuosa, y si acaso un día alguno de tus minúsculos saltos en el vacío te sale bien, hasta un pequeño terrón de azúcar que disolverás en el paladar lo más lentamente que puedas, sabiendo que las posibilidades de volver a lograr esa mínima aprobación serán de una entre miles cuando vivas y cuando sueñes. Cuando sueñes, siempre que no se enteren de que en un descuido te has atrevido a llamarlos tus influencias.

El humor de Tolstoi

Desde hace ya muchos años he estado buscando una buena edición en español de *La guerra y la paz* de Tolstoi. «¡Léelo en francés!», me dicen siempre mis amigos Lya Kostakovski y Fernando Benítez. Y yo lo haría con gusto, si la simple perspectiva de leerlo en castellano no fuera ya de por sí lo suficientemente temeraria.

Por fin, de pura casualidad, mientras hago una larga cola frente a la caja de la librería de la esquina para pagar cualquier otra cosa, descubro el robusto volumen ahí a mi lado, al alcance de mi mano, acostado sobre el techo de otros libros, como diciéndome: Bueno, ¿qué esperas?, aquí estoy, llévame contigo. Y en efecto, estiro el brazo y lo tomo, calculo su peso, mido su precio y lo compro: Colección «Sepan Cuantos...», de la editorial mexicana Porrúa, núm. 201, 957 páginas a dos columnas y en tipografía lo bastante grande y bien impresa como para soportar sesiones de lectura prolongadas, si se quiere de horas, sin mayor fatiga ocular.

Cuatro o cinco años antes había yo adquirido, no sé en qué mala hora, otra edición corriente, en dos volúmenes, impresa en un tipo tan diminuto que a los dos o tres intentos, a pesar de mi proclividad a la fascinación con esta novela, renuncié a seguir más allá de la página veintiséis.

Recuerdo ahora que en los años cuarenta circuló en México una edición de E.D.I.A.P.S.A. (sea lo que fuere lo que estas siglas significaran), en ocho o diez volúmenes, que leí entonces completa y de la que apenas he retenido en la memoria otra cosa que su comodidad para la vista. Me acuerdo, sí, de que en las primeras páginas ofrecía una especie de «reparto», como del cine de antes, con los nombres, el rango y las funciones de cada personaje, al cual reparto había que estar volviendo, pues la mayor dificultad que presenta *La guerra y la paz* a quien la lee por primera vez consiste en fijar en la mente el lugar y el papel de cada quien dentro de la maraña de individuos principales y secundarios, episodios y complicadas situaciones que en el relato concurren. Desde entonces, siempre que hablaba de esta remota edición con la poeta Ninfa Santos, me decía que ella también la tuvo y la perdió, que era un libro que adoraba, y que por cierto (con una sonrisa) jamás había olvidado el nombre de la princesa Karajina.

Vuelvo a la edición de Porrúa. En la página iv trae, en blanco y negro y con el inevitable macramé de la doble reproducción en fotograbado, un retrato de León Tolstoi (óleo pintado por un tal I. Kramskoi), con una línea debajo que reza: «León Tolstoi en la iniciación de la madurez», que en un principio me pregunto qué querrá significar; pero no es cuestión de gastar mi día reflexionando sobre el enigma de cuándo comienza la madurez de un escritor, ni sobre si eso habrá que advertirlo en las coordenadas de la barba y el bigote negros y el cabello ya un tanto ralo sobre la frente, o en la mirada entre inquisitiva y serena con que el pintor ha dotado al novelista. Observo más bien que mediante un truco de perspectiva el artista ha hecho aparecer a Tolstoi como un hombre de rostro hermoso e imponencia corporal, cuando es bien sabido que en realidad León Nicolaevich era bajito y exiguo, y que durante sus años frívolos de juventud sufrió amargamente a causa de su fealdad.

En las páginas correspondientes no se indica de quién sea la traducción ni de qué idioma provenga ésta; pero el honrado registro de la primera edición con el título de la novela en ruso, *Vojna i mir,* hace sospechar al espíritu malicioso no su original paternidad rusa sino su procedencia francesa. (Hablando de traducciones, la otra tarde el embajador mexicano Juan José Bremer me pregunta por una buena —aunque sabe bien el alemán, me confía— de *La montaña mágica* de Thomas Mann. Sólo puedo remitirlo a la española de Círculo de Lectores, suponiendo que lo sea; más cerca de mí en la mesa, Carlos Monsiváis me habla al mismo tiempo con entusiasmo del *Doktor Faustus,* cuya traducción prefiere en lengua inglesa, sin que yo alcance a declararle, ni él a oírme, pues entre todos y en voz muy alta se ha pasado ya a otro tema, que quizá también a mí me ocurriría lo mismo, si no fuera porque desde hace ya largo tiempo me resigné a leer traducciones en nuestro idioma, sin ponerme a averiguar si son mejores o peores.) La introducción viene firmada por Eva Alexandra Uchmany, a quien supongo la misma Eva Uchmany que conocí hace treinta años en la Universidad Nacional Autónoma de México, sólo que ahora con ese Alexandra añadido convenientemente como una oportuna pincelada de color local.

Es fama que Tolstoi parrandeó y se divirtió mucho en su juventud; pero hasta ahora no he oído nada sobre él que me indique si tuvo o no sentido del humor; apenas, acabo de verlo, Gore Vidal cuenta que el escritor norteamericano Prokosch le oyó decir una vez a Thomas Mann: «Lo más grave es que Tolstoi no tenía ironía. Es un milagro que haya conseguido escribir tan bien. En una novela la ironía es como la sal en una sopa de lentejas, le da el sabor, el matiz; sin la sal es insípida»; sí, en cambio, que su carácter fue siempre duro y agresivo, a pesar de la inmensa piedad que llegó a sentir por los desheredados. Tal vez a esas dos carencias se deba que en *La guerra y la paz* su primera referencia a una situación cómica sea tan exagerada. Cuando en el capítulo VI de la Primera parte comienza a retratar a Pedro Bezukhoi en la forma convencional de la época («Pedro era alto, recio, tosco», etcétera), añade: «Era, además, muy distraído. Al levantarse, en lugar de su sombrero, cogió el empenachado tricornio del general y fue sacudiendo las plumas hasta que aquél le rogó que se lo devolviese».

No hay manera de creérselo; pero a esas alturas uno ya no está para detenerse en trivialidades.

El árbol

*El cuento posee cierta superioridad
sobre la novela, incluso sobre el poema.*
EDGAR ALLAN POE

Con frecuencia me pregunto: ¿qué pretendemos cuando abordamos las formas nuevas del relato, del cuento, corto, breve o brevísimo? ¿De qué manera enfrentamos esa vaga o tajante indiferencia de lectores y editores hacia este género inasible que a lo largo de las edades permanece obstinadamente al lado de los otros grandes géneros literarios que parecen perpetuamente opacarlo, anularlo? Sé que de muy diversos modos: transformándolo, cambiando su sentido, su configuración; dotándolo de intenciones diferentes, a veces reduciéndolo sin más al absurdo, y aun disfrazándolo: de poema, de meditación, de reseña, de ensayo, de todo aquello que sin hacerlo abandonar su fin primordial —contar algo—, lo enriquezca y vaya a excitar la imaginación o la emoción de la gente. En pocas palabras, ni más ni menos que lo que los buenos cuentistas han hecho en cada época: darle muerte para infundirle nueva vida.

En algún día de algún año del siglo IV de nuestra era, en su casa de la ciudad de Burdigala, la actual Burdeos, el gran poeta latino Décimo

Magno Ausonio escribió lo que en aquel tiempo se llamaba un epigrama y hoy me atrevería a llamar un cuento:

«SOBRE UNO QUE ENCONTRÓ UN TESORO CUANDO QUERÍA COLGARSE DE UNA SOGA.

Un hombre, en el momento de colgarse de una soga, encontró oro y en el lugar del tesoro dejó la soga; pero quien lo había escondido, al no encontrar el oro, se ató al cuello la soga que sí encontró.» (Trad. de Antonio Alvar Ezquerra.)

Puedo ver, de pie, al retórico Ausonio, el poeta inmortal de la caducidad de las rosas y de la vida, pidiendo a sus jóvenes y aristocráticos discípulos que ese día desarrollaran una composición, en prosa o en verso, con aquel argumento lleno de posibilidades para imaginar y describir largamente el origen, la condición y el carácter de aquellos dos extravagantes personajes que en tan escasos minutos cambian radicalmente sus destinos como consecuencia de un simple azar.

Hoy algunos, y yo entre ellos, preferirían quedarse con el escueto enunciado, y dejar que sea el lector quien ejercite su fantasía creando por su cuenta los posibles antecedentes y consecuencias de aquel hecho fortuito. En honor de la brevedad, es cierto; pero también de muchas otras cosas.

Pues no se trata tan sólo de una superficial cuestión de forma, de extensión o de maneras. Cualesquiera de éstas que el escritor adopte a través del tiempo, de los cuentos que logre perdurarán únicamente aquellos que hayan recogido en sí mismos algo esencial humano, una verdad, por mínima que sea, del hombre de cualquier tiempo. Y de ahí su dificultad y su misterio. Ninguna innovación, ninguna ingeniosidad narrativa, ningún experimento con la forma que no estén sustentados en la autenticidad de los conflictos de cada personaje, consigo mismo y con los demás, harán por sí solos que determinados cuentos y sus autores se establezcan y perduren en la memoria literaria.

A mediados del siglo pasado, en los Estados Unidos, Edgar Allan Poe perseguía el horror —y también el ridículo: con frecuencia se olvida que Poe escribió cuentos humorísticos—, el horror escondido en lo hondo de cada ser humano: lo buscaba en su propio interior, ahí lo encontraba y lo ofrecía tal cual; en Rusia, Anton Chejov, por su parte, llevaba dentro de sí la melancolía, la reconocía en las vidas y en las relaciones de quienes lo rodeaban, eso recogía y eso daba, con humor y con tristeza; Guy de Maupassant, en Francia, tendía a lo insólito y lo pintoresco y, ciertamente, no pocas veces también al horror que en todo ello pueda haber, y eso nos legó, y su herencia es muy grande.

Nunca agotadas del todo estas posibilidades, el escritor de hoy retoma lo que queda de ellas, y con ellas trabaja; pero aunque en ocasiones recurra además a los avances de la psicología en su sentido de ciencia más estricto, intenta ir más allá, y para ir más allá recuerda a Baudelaire y sus poemas en prosa, y un mundo se le abre, y por ahí comienza una vez más a explorar; y de esta manera el cuento se acerca a una nueva sinceridad, a una nueva eficacia en su búsqueda de la alegría o la tristeza escondidas en los seres vivos y en las cosas. Y hemos de creer que a veces lo logra.

La imaginación y la realidad nos dan generosamente la materia, las situaciones, las tramas de los cuentos; pero es sólo la elaboración artística lo que puede infundirles vida. El mundo, este día, este momento, están llenos de pequeños y grandes sucesos, reales o imaginarios, que el trabajo puede convertir en cuentos; pero son muy pocos los que he hecho míos. La vida es como un árbol frondoso que con sólo ser sacudido deja caer los asuntos a montones; pero uno puede apenas recoger y convertir en arte unos cuantos, los que verdaderamente lo conmueven; y éstos son para unos cuentistas y aquéllos para otros; y gracias a eso hay tantos cuentistas en el mundo, cada uno trabajando el suyo, o los suyos; y lo bueno es que el árbol no se agota nunca; no se agotaría aunque lo sacudiéramos todos al mismo tiempo, aunque al mismo tiempo lo sacudiéramos entre todos.

Memoria de Luis Cardoza y Aragón

I

Conocí a Luis Cardoza y Aragón en la ciudad de México, en septiembre de 1944. Yo acababa de llegar de Guatemala en calidad de exiliado político. Mientras Cardoza vivía en México desde hacía varios años, tenía unos cuarenta y era ya una leyenda, yo venía de trasponer los veintiuno y había publicado apenas un cuento o dos, y unos pequeños trabajos que desde entonces trato sin éxito de olvidar.

De lejos, en Guatemala, sin tener ninguna relación personal con él, veíamos a Cardoza y Aragón como probablemente todavía se le ve allá, no sólo como una cumbre literaria inaccesible, lo que ya era bastante, sino como un ser misterioso y de lucidez diabólica, capaz de aplastarlo a uno con una sola frase.

Entre nosotros, los escritores, pintores y músicos jóvenes de la llamada Generación del 40, pasaba de mano en mano y casi en forma clandestina un ejemplar de su libro *La nube y el reloj* sobre pintura mexicana, veíamos su nombre en las revistas *Romance* y *El Hijo Pródigo,* y algunos repetíamos poemas suyos que habíamos leído en la hoy también legendaria *Antología Laurel,* discutida y polémica, en la que se encontraban incluidos muchos de los mejores poetas de nuestra lengua, desde Rubén Darío. Y todo esto había sido vivido y publicado por Cardoza y Aragón allí cerca y al mismo tiempo tan lejos: en México, en el mundo de la Revolución Mexicana y de Lázaro Cárdenas, nuestros ideales de revolución y de gobernante; en la ciudad de México, que era mejor que París, el París decadente y ocupado por los nazis.

Mi amigo y compañero Otto-Raúl González, quien me había precedido en el exilio después de que un sable del ejército ubiquista le abriera la frente durante una de las manifestaciones callejeras de junio de aquel año en que participamos juntos, arregló llevarme a ver a Cardoza y Aragón en un sitio escogido por éste: la cantina El Puerto de Cádiz, cercana al lugar en que, con Fernando Benítez como director, contribuía a hacer el suplemento cultural del periódico *El Nacional.* O tal vez el periódico *El Nacional* estaba cercano al lugar en que lo hacían: la cantina El Puerto de Cádiz.

El hombre diabólico me habló afablemente. No sé qué habré dicho o hecho durante las horas en que bebimos, comimos y volvimos a beber sin interrupción allí. Estoy seguro de que la cerveza me ayudó a pasar el susto, y su efecto a olvidarlo todo posteriormente. Tampoco recuerdo otra sesión como aquélla, ni que en los días siguientes las haya habido. Tal vez fue ése el momento de mayor confianza que en la vida se dio entre ambos y hasta hoy lo sé. Un mes más tarde Cardoza y Aragón se iba a Guatemala, al día siguiente del triunfo de nuestra Revolución de Octubre, por la que yo estaba en México y al servicio de la cual me quedé en México durante los siguientes nueve años.

Así, nuestra relación era prácticamente nula; pero él pronto se puso al trabajo y comenzó a publicar en Guatemala la mejor revista literaria que jamás se hubiera soñado allá, la *Revista de Guatemala,* con colaboraciones de escritores de dentro y de fuera, entre estas últimas las de nombres tan impresionantes como los de Luis Cernuda, Xavier Villaurrutia, Jorge Icaza, Octavio Paz, César Moro, y las de algunos «nuevos» poetas y narradores mexicanos, como Alí Chumacero y José Revueltas.

Y todo iba bien y yo estaba tranquilo mientras a Cardoza y Aragón no se le ocurrió pedirme *a mí* una colaboración, lo que por supuesto yo no esperaba que fuera a suceder y me llenó de angustia. Cumplí lo mejor que pude. Pero desde ese momento, siendo yo medio encargado de la distribución de la revista en México, me convertí en una especie de saboteador de ésta al escamotear a muchos de mis amigos, como el propio Chumacero y Ernesto Mejía Sánchez, los números en que venían colaboraciones mías, y que yo daba por perdidos por temor de que ellos las vieran. Confieso ahora esto, apenado.

Muchas cosas ocurrieron desde aquel septiembre de 1944; entre otras, diez años después, la caída y fin del gobierno democrático de Jacobo Arbenz. Pero durante los años de nuestra Revolución y después de ella, en Guatemala, en el servicio diplomático y en el exilio mexicano, Cardoza y Aragón dio y siguió dando su batalla, la de Guatemala y la suya propia, con la terquedad y la intransigencia del que lucha con su verdad y con sus mejores y temibles armas: su infalible agudeza, su arte y su convicción de que no hay más causa que la del pueblo, por la que despierta todos los días, y aun en su puro estado de sonámbulo.

Por mi parte, en 1953 salgo de México como diplomático, y en 1954 voy al exilio en Chile. Desde mi regreso a México en 1956 veo a Cardoza y Aragón con frecuencia; tal vez no tanta como yo hubiera querido; pero respeto su tranquilidad y su privacía y le dejo siempre la iniciativa. Para mí, aun teniéndolo al lado, sigue siendo su leyenda. Y no hay remedio: yo también sigo siendo el mismo.

II

En este siglo por terminar, Guatemala ha dado otros dos escritores de primera magnitud: Enrique Gómez Carrillo (a caballo entre el XIX y el XX) y Miguel Ángel Asturias.

En su tiempo, la obra de Gómez Carrillo significó en todo el ámbito de nuestro idioma escrito en prosa lo que la revolución de Rubén Darío en el verso. Ambos fueron grandes limpiadores de establos; ambos barrieron de nuestra lengua las telarañas del academicismo que los enemigos de toda lengua extranjera (olvidando los claros ejemplos de Garcilaso y de Cervantes por lo que hace al italiano) venían acumulando autocomplacidos en su lucha contra los galicismos mentales, como llamaban a cualquier forma de liberación. Y tanto peor, ¿cómo unos centroamericanos que escribían con plumas que se quitaban de la cabeza podían atreverse a tal cosa? Gómez Carrillo, como Darío, saqueó el francés, algo del inglés, y algo de lo que fuera y en donde lo encontrara. E hipócritamente, reprochándoselo, los demás lo aprovechaban. Pero mientras que Darío, después de muerto, se liberó del aplauso y del juicio adverso que le atrajo la intrascendencia de sus rimas de juventud, a Gómez Carrillo le han faltado críticos y lectores serios que borren su imagen de hombre superficial y de mero cronista del bulevar. Le falta, también, la devoción que sus compatriotas inteligentes terminaron, después de burlarse cómicamente de él, por dedicar a Darío. Con toda seguridad, Gómez Carrillo no es, ni con mucho, un genio de la magnitud de Darío, y aquí sólo me estoy refiriendo a sus aportaciones a la modernización del idioma y a su capacidad de transvasar a éste lo ajeno y lo nuevo y valioso.

Miguel Ángel Asturias, en poco tiempo, pasa un tanto por lo mismo. No son pocos los que aún hoy, con su premio Nobel en la bolsa y todo, y quizá hasta por culpa de ese mismo premio, siguen recordando al Miguel Ángel pintoresco y de barrio que conocieron en persona, dejando que sean los franceses, ingleses e italianos quienes se encarguen de estudiarlo. Y sin embargo, con todo su amor por lo francés, Asturias hizo lo contrario que Gómez Carrillo: dedicó tanta atención a lo indígena, quiso profundizar tanto en el alma de los primitivos habitantes de Guatemala, usó un lenguaje tan enraizado en la idiosincrasia de los indígenas, que hoy a las mismas clases medias guatemaltecas les resulta trabajoso leerlo y descifrarlo. En el abismo de estos extremos se debaten nuestros escritores y críticos jóvenes.

De ninguna manera voy a decir ahora que Luis Cardoza y Aragón haya resuelto este problema colocándose en la zona intermedia de lo universal y lo local, que su obra viene a ser una síntesis de estos opuestos, o cualquier vulgaridad por el estilo. Sucede, sencillamente, que su obra es un universo distinto, distinto y ciertamente más complejo y difícil de aprehender que el de uno y otro de aquellos compatriotas. Para empezar, los puntos de comparación simplemente no existen. En toda la obra de Cardoza y Aragón las formas usuales se van al diablo. No puedo imaginarlo escribiendo la crónica de un pequeño suceso, o una novela. Desde la primera página las desbordaría. Sólo puedo verlo en el ámbito de la poesía, el verdaderamente suyo, que no tiene forma y es en él el espacio de la exigencia, la inconformidad y la revuelta. Y no obstante, contradicción por contradicción, uno de sus mejores libros es una crónica, *Guatemala, las líneas de su mano;* y si a eso vamos, *Pequeña sinfonía del Nuevo Mundo* es una novela, sólo que de otra esfera, con Dante como protagonista en Nueva York.

Agonista alumbrado, deslumbrado y deslumbrante, Cardoza y Aragón se empeña, sin embargo, en venir de vez en cuando a este planeta para llevarnos de la mano a recorrer el suyo. ¿Pero adónde volver la vista en la obra de este poeta del vértigo sin encontrarnos en esas regiones suyas en que sus visiones se contradicen, se enlazan en abrazos laocoontianos o chocan para producir chispas cuya claridad está hecha más bien para cegarnos, cuando tal vez sólo íbamos en busca de un poco de luz, de esa luz opaca a que estamos acostumbrados?

Efectivamente, Cardoza y Aragón es otra cosa, una cosa aparte, y así hay que tomarlo. Quise antes situarlo en Guatemala porque ésa es su tierra, y de ahí viene, y a él le gusta venir de ahí; pero viene también del resto del mundo, en el que ha vivido y al que ha hecho suyo con la misma exigencia de ciudadano del mundo que es.

En cuanto a esa exigencia, quien lea *El río. Novelas de caballería* encontrará que no exagero. No hay en este libro una sola página en la que la exigencia no sea casi un fin, y el punto de arranque y de llegada; en ocasiones implacable con los demás, siempre implacable consigo mismo; el mundo visto, leído, vivido y observado con lo mejor de su inteligencia, esa inteligencia suya de los sentidos abiertos a lo fugaz y a lo permanente, a lo que no se ve de puro visible, a la percepción de la tormenta en el vasto vaso de agua que es este mundo, más acá y más allá de esos mismos sentidos.

Quiero ver este libro de memorias y batallas de Cardoza y Aragón como una bola de fuego que ha venido creciendo con su larga experiencia de los hombres y de la vida, y cuyo centro está en todas partes y su circunferencia en ninguna. Me aturde el conocimiento de que en algún lugar de esa bola de fuego estoy yo, sin saber qué hacer, o pensar.

III

Luis Cardoza y Aragón es siempre motivo de homenaje, sea que publique un libro, cumpla años o simplemente diga algo, cualquier cosa, una broma (de las que hay que cuidarse) o la más seria de sus afirmaciones (de las que hay que cuidarse mucho más) sobre no importa qué, porque siempre importa lo que diga, haga o piense: en cualquiera de los tres casos lo que diga, haga o piense tendrá un significado más allá de las meras palabras, los actos gratuitos, o el pensar por el solo pensar.

Lo veo hoy como lo vi ayer: otro y siempre el mismo, asombrosamente ágil en el uso de su inteligencia, profundo en la percepción de las cosas, seguro (cuando no implacable) en sus juicios de una línea: línea-verso, línea-dibujo, línea-política.

Pienso en cuantos lo quisieran flexible, condescendiente o manso, sin darse cuenta de que nunca va a ceder porque en ese momento dejaría de ser él, que no nació para las concesiones, ni para la preocupación por lo regular o lo mediano.

Luis alerta, Luis inquieto, Luis insomne: ayúdanos a no caer en la tentación de lo fácil, de la conformidad con lo establecido, del juicio viejo y caduco, del juicio nuevo e insolente, de lo sancionado por la costumbre, por el mandato de la autoridad o por la pereza.

Llego hoy a tu casa, como lo hice ayer, y hace años, y anteayer, y abres personalmente la puerta, sin sirvientes, sin ujieres, sin aparato, sin que te rodee nada que no sean tus gestos sencillos de señor; y dices pasa, pasen; y Lya aparece, y uno está seguro de que los próximos diez minutos, o durante las próximas tres horas, uno estará en un mundo sólido, firme y a la vez etéreo, en el que los hechos importantes y no importantes serán vistos al derecho y al revés, con seriedad y una sonrisa, como el que se encuentra con quien sabe que lo pasajero es eterno, las más grandes y solemnes verdades mentira, y la poesía, como dijiste perdurablemente, la única prueba concreta de la existencia del hombre.

Encuestas

I

Fines de año, principios de año. Se hacen encuestas. Los periódicos preguntan lo que el público supuestamente quiere saber. ¿Qué hizo usted este año? ¿Qué hará el próximo? Me detengo en una de esas curiosidades.

—¿Cuáles fueron los tres libros más interesantes que leyó el año pasado? Le doy una hora para contestar.

Quedo preguntándome —a decir verdad no muy en serio— cuáles, entre tantos. Pero no fueron tres; fueron muchos más. Finalmente, llego a cinco, de los que descartaré dos en el último minuto.

Ejercicios de estilo, de Raymond Queneau, en una espléndida versión —y con un prólogo igualmente luminoso— del español Antonio Fernández Ferrer. Noventa y nueve variaciones sobre un tema absolutamente baladí.

A Queneau se le ocurrió escribir esta serie «en el transcurso de los años treinta» una tarde, cuando junto a Michel Leiris oía en París y en la sala Pleyel un concierto en el que se tocaba *El arte de la fuga*. ¿Por qué no hacer en literatura —se dijeron el uno al otro— lo que Bach había hecho en música, es decir, variaciones sobre un tema dado, y en el caso suyo, de Queneau, sujetándose a determinadas figuras retóricas? Queneau lo hizo. Sínquisis, lítotes, poliptotones, aféresis, apócopes, síncopas, parequesis, y decenas de retorcidas figuras de éstas más, son usadas por Queneau para relatar en alambicadas formas distintas la misma historia deliberadamente banal: un hombre sube a un autobús; se queja de incomodidad; dos horas más tarde aparece de nuevo en una plaza; un amigo le indica que debe poner un botón más en el abrigo.

Y vienen los diferentes estilos: nervioso, angustiado, jovial, paranoico, enigmático, crítico literario, crítico cinematográfico, orgulloso, gracioso, detectivesco, elíptico, algebraico, etcétera, etcétera.

Se me ocurre ahora preguntarme si Queneau habrá leído alguna vez el tratado de Erasmo *De copia verborum ac rerum* en que el gran humanista, fascinado como lo estuvo siempre por las cosas del lenguaje, registra cincuenta formas de decir «Su carta me ha causado gran placer», o «Creo que va a llover», según nos lo revela Johan Huizinga en su *Erasmo de Rotterdam*.

Durante la lectura de este libro inquietante (el de Queneau), pienso que me gustaría impartir en la Universidad o, tal vez mejor, recibir, un curso de narrativa con estos ejercicios de estilo como punto de arranque. De ellos se desprende con tremenda claridad el poder de la forma, de la retórica, de la palabra, en fin, y hay momentos en que verdaderamente el juego de Queneau produce un miedo extraño. Claro que se trata de un libro divertido, como todo lo que este hombre produjo, pero puede ser enloquecedor para alguien dedicado con sinceridad al oficio de escribir, sobre todo si, como debe ser, uno se observa a sí mismo en el momento de decidir la forma, el tono, o las variaciones que dará a su tema de hoy, trivial o supuestamente importante.

El loro de Flaubert, del novelista inglés Julian Barnes. También variaciones, aquí sobre el tema Gustave Flaubert, con lugares comunes e ideas y puntos de vista novedosos sobre la vida y las fantasías de este maestro: sus manías, sus amigos, *Madame Bovary,* sus amores: una irónica revisión, cuando no melancólica, de cuanto se ha dicho en siglo y medio de Flaubert, mentiroso, simplemente dudoso, o verdadero, a través de la visión del inefable protagonista, el investigador Geoffrey Braithwaite.

La sospecha (aunque pronto venga la certeza) de que Braithwaite es un personaje de ficción: también lo parece, que me perdone, Enid Starkie, sin serlo, da a los editores de este libro la oportunidad de presentarlo como novela.

—La gente quiere novelas —suelen informar los editores a cuentistas, poetas y ensayistas cuando desean quitárselos de encima.

Y así es. Y esto conduce a cosas extrañas, o mentirosas. En la mesa de novedades de una librería de París vi no hace mucho tiempo traducido al francés el *Evaristo Carriego* de Jorge Luis Borges con la palabra *roman* muy clara debajo del título. El tierno poeta argentino, que «cantó los arrabales de Buenos Aires», como dice el *Pequeño Larousse Ilustrado* para más señas: el poeta de «La costurerita que dio aquel mal paso», convertido para los posibles compradores franceses de libros de Borges en ser imaginario por la magia de la demanda de novelas y de Borges, que nunca escribió una. Y tal vez Borges, al darse cuenta de lo que sus editores franceses habían hecho con Evaristo, lo sostendría, divertido.

Seis propuestas para el próximo milenio, de Italo Calvino. El gran cuentista y novelista italiano nacido en Cuba murió en 1985, en Italia, una semana antes de dirigirse a la Universidad de Harvard, en donde leería estas propuestas (que en realidad se redujeron a cinco por su inesperado deceso) en la cátedra de las Charles Elliot Norton Poetry Lectures. Estas proposiciones son el máximo ejemplo del rigor y la lucidez con que este creador contemporáneo nuestro planteaba los problemas del oficio literario, y de cómo quiso comunicar a los escritores del tercer milenio de nuestra era lo que él pensaba que debía ser la literatura de los próximos mil años.

Para mí, el secreto de esta aparente desmesurada pretensión, es decir, el intento de fijar normas estéticas para el milenio entero que vendrá, estriba en el hecho, muy simple, de que Calvino anhelaba tan sólo que nuestra literatura (y cuando digo literatura digo literatura, claro) siga siendo en el futuro como lo ha venido siendo durante los últimos veinticinco siglos. No en balde, para fundamentar sus lucubraciones y esperanzas, Calvino se apoya en autores tan distantes en el pasado como Homero, Epicuro y Ovidio, entre otros, al mismo tiempo que en poetas y narradores del Renacimiento y en algunos contemporáneos nuestros de todos los días.

Las cualidades con que según Calvino debería contar la literatura durante el próximo milenio son: la Levedad, la Rapidez, la Exactitud, la Visibilidad y la Multiplicidad. La sexta, según Esther Calvino, su viuda, sería la Consistencia (en el sentido de coherencia, supongo). Uno cree sinceramente saber lo que estos requerimientos significan, y cada quien puede imaginarlos como guste. Calvino establece y desea transmitir lo que él piensa e imagina en cada caso. Y en la exposición de cada uno de ellos aplica con maestría y al mismo tiempo, el sentido de los cinco. Como quien dice: el movimiento se demuestra andando.

Biblioteca personal, de Jorge Luis Borges. En 1984, a los ochenta y cinco, y dos años antes de su muerte, Borges se compromete a escribir cien breves prólogos a otras tantas obras para un proyecto comercial según el cual estas cien obras se venderían popularmente en puestos de periódicos. En esta forma y en estos lugares llegué a ver más de una, que no compré porque ahí mismo, bajo el sol o bajo la lluvia menuda leía los prólogos de una página, que en esos momentos me atraían más que los libros de que trataban. Reunidos finalmente en un solo volumen los sesenta y seis prólogos que Borges logró escribir, su revisión se convierte una vez más, tratándose de él, en el repetido asombro de lo que Borges era capaz de hacer con sus lecturas, o con los recuerdos de sus lecturas transmutados en una obra propia a través de su sensibilidad, su malicia y su humor. Me llaman la atención grata y especialmente sus juicios sobre las obras de Julio Cortázar y Juan Rulfo, estos clásicos nuestros que uno ve y saluda —o hasta hace poco saludaba y veía— con la misma familiaridad con que alguien, en su tiempo y en otros lugares, intercambiaba bromas en la calle con Chesterton, Wells o Bernard Shaw.

Y, de pronto, el error, o el falso recuerdo memorable: en el prólogo a *Las aventuras y desventuras de la famosa Moll Flanders* de Daniel Defoe, y casi sin que venga al caso, lo que lo convierte en un error gratuito, Borges apunta: «Que yo recuerde, no llueve una sola vez en todo el *Quijote*». Para quien no ha leído el *Quijote* y dicho por el memorioso Borges, esto pasa a convertirse en verdad. Pero en el *Quijote* sí llueve, y precisamente en un momento muy importante del libro. En el capítulo de la Primera parte, que trata de la alta aventura y rica ganancia del yelmo de Mambrino, en la primera línea, se lee: «En esto, comenzó a llover un poco». Y más adelante: ...«y quiso la suerte que, al tiempo que venía un barbero, comenzó a llover, y por que no se le manchase el sombrero, que debía de ser nuevo, se puso la bacía sobre la cabeza; y, como estaba limpia, desde media legua relumbraba».

Así, no es que no haya llovido nunca en el *Quijote*, sino que al *Quijote* no le llueven los mismos lectores que a Borges, como para que notaran esta su afirmación, precedida, hay que reconocerlo, del prudente o instintivo «que yo recuerde».

Antología de la lírica griega, por Rubén Bonifaz Nuño. El poeta de *El manto y la corona* había dedicado buena parte de su vida a la traducción de clásicos latinos que llenan miles de páginas de la Bibliotheca Scriptorum Graecorum et Romanorum Mexicana de la Universidad Nacional Autónoma de México. En los últimos años Bonifaz Nuño se aplicó a la de estos poetas griegos del sexto y el quinto siglos antes de Cristo, en los versos de los cuales, lejos ya de la edad heroica (por cierto, posteriormente el gran poeta mexicano ha traducido y publicado la *Ilíada*), la vida transcurre y se retrata como lo hace hoy; y esta traducción los convierte en nuestros contemporáneos.

No otra cosa es Anacreonte cuando dice:

Comí, tras partirlo, un poco de pan con miel y sésamo,
y empiné un jarro de vino; hoy con suavidad, la amante
lira pellizco, alabando a la cara niña suave;

y Focílides:

Muchos, en verdad, estiman ser hombres sapientes porque avanzan con orden, siendo, empero, de mente ligera;

y Solón:

Si sufristeis, pues, cosas dolorosas por vuestras inepcias, no de tal a los dioses atribuyáis la culpa;

y Alceo:

Pronto, este hombre que grande la fuerza pretende volcará la ciudad, y ella oscila en la cuesta;

o, por último, Arquíloco:

Señor Apolo: también tú a los culpables señala y, cierto, cual destruyes, destrúyelos.

Así sea, habría que añadir.

II

Con once años de anticipación, la revista mexicana *Nexos* realiza una encuesta sobre el fin del segundo milenio, o el principio del tercero, no me quedó muy claro, en ocasión en que ella misma alcanza sus primeros diez años de vida.

¿Qué puede uno decir sobre el final de un milenio, o el comienzo de otro, que no sea «ingenioso», u optimista, o pesimista?

La verdad es que plantearse los problemas, hacer su recuento, o preocuparse por sus posibles soluciones a partir de la cercanía de cifras terminadas en cero, o en ceros, constituye una superstición como cualquier otra. Así, cumplir diez años de estar haciendo algo permite suponer que, con un poco de suerte, podemos llegar haciéndolo a cien, y, con otro poquito, a mil. Una superstición, pues, sobre todo si se observa que el punto de partida no es de ninguna manera científico sino meramente religioso, como lo es el hecho de empezar a contar desde el nacimiento de un Salvador.

Más racionales, nuestros antepasados aztecas, basándose en la observación de la rotación de los astros, se atenían matemáticamente al número cincuenta y dos para suponer que cada quincuagesimosegundo periodo anual de su calendario todo moriría, para renacer de inmediato. Sin embargo, y a pesar de una larga experiencia que casi les daba la seguridad de que el ciclo se repetiría, el elemento de superstición no dejaba de estar presente y, por las dudas, hacían ofrendas a sus dioses y, seguramente, rezaban.

Metidos en el sueño de los números, y con el mismo razonamiento basado en la observación, podemos pasar a otra cifra cíclica al cumplirse la cual en México todo entra en la posibilidad de morir para renacer en seguida: el término de seis años, el sexenio gubernamental como símbolo de cambio y de entrada en una nueva vida.

Estos números: mil, cincuenta y dos y seis, son nuestros símbolos de muerte y renacimiento. Superstición o no, como individuos reaccionamos ante ellos con temor y esperanza, siguiendo el mandato del inconsciente colectivo.

Volviendo a nuestro tema, no importa todo lo bueno que este segundo milenio haya resultado, con sus Cruzadas, su caída de Bizancio, su Inquisición, su «descubrimiento» de América, la invención de la dinamita y la desintegración del átomo, el próximo será mejor desde el primer segundo del año 2001, en que se inicie el siglo XXI de nuestra era cristiana.

Y a propósito, ¿qué nos hace pensar que nosotros entramos en el siglo XX?

Mi relación más que ingenua con el latín

Debo a las malas palabras y al latín dos o tres cosas que han sido fundamentales en mi vida.

Un día, en la ciudad de Guatemala, siendo yo adolescente, tuve de pronto la revelación de que en materia literaria lo ignoraba todo de todo, pero principalmente de los clásicos, y me preocupé mucho, y comencé a leer con vehemencia cuanto libro encontraba, y mejor aún si su autor era griego, o latino.

De esta manera, poco después cayó en mis manos un deteriorado volumen de pastas duras con comedias de Aristófanes traducidas al español a mediados del siglo pasado, o del antepasado, no recuerdo muy bien.

Por supuesto, no tardé en darme cuenta de que Aristófanes era sumamente divertido, sin duda el más divertido de todos los autores antiguos con que me había topado hasta entonces; pero en aquella traducción había algo que despertó mi curiosidad: en notas a pie de página se ponían en latín y en caracteres minúsculos frases que en el español del texto sonaban inocuas, pero que en griego debían de ser muy fuertes y significativas de algo tal vez prohibido. Así que en latín —pensé— por lo menos podían disfrutarlas los *happy few* que lo sabían, es decir, los mayores o los licenciados, bien pertrechados para oír o leer cualquier cosa sin mayor peligro de sus almas. Pero yo no me conté con esto y acudí a un diccionario latino-español, con ayuda del cual encontré por primera vez lo mal hablados que podían ser los clásicos, descubrimiento con el que, como es natural, comenzó mi amor por ellos.

En los recovecos de mi memoria se encuentra todavía almacenada una frase en latín rescatada de alguna de aquellas notas: *Nec mingam nec ventrem exonerabo cum strepitu*, promesa que algún personaje afligido hace a no recuerdo qué dios: «No haré ruidosamente mis necesidades» en las afueras de tu templo, dicho en griego, quiero imaginar, con las palabras crudas y reales.

Estimulado por mi hallazgo, quise avanzar en el estudio de aquel idioma secreto y contraté los servicios de un antiguo seminarista que me puso a aprender declinaciones según unas columnas que decían de arriba abajo: nominativo, genitivo, dativo, acusativo, vocativo y ablativo, suprimido ya por fortuna el locativo. En alguna parte declaré hace ya algún tiempo que mi aprendizaje del latín había llegado hasta *rosa, rosae,* lo cual resulta más o menos modesto si uno sabe que eso es lo primero que se aprende. Pero la verdad es que mi buen profesor me puso a descifrar fábulas de Fedro y odas de Horacio, que venían en su viejo librito de seminario, y de esta forma hoy puedo decir de memoria buena parte de la oda IV, libro I, a Sextio:

Solvitur acris hiems grata vice veris et Favoni,
trahuntque siccas machinae carinas,

y recitar entera, a mis amigos que se dejan, aquella fábula de Fedro que comienza:

Nunquam est fidelis cum potente societas
testatur haec fabulam propositum meum.
Vacca et capella et patiens ovis injuriae
socci fuere cum leone in saltibus,

etcétera, que, por cierto, me permití usar, aunque indigno, como arranque de una fábula mía titulada «La parte del león», incluida en mi libro *La Oveja negra y demás fábulas,* y aquí y ahora, *Ovis nigra atque caeterae fabulae.*

Cuando supe algo más del idioma, un compañero mío de estudios y yo alardeábamos de latinistas en un pequeño restaurante de la ciudad de Guatemala y pedíamos en voz alta un sándwich de queso y una cerveza de esta manera:

>—*Ego volo manducare panem cum caseo et potare cereviciam frigidam,*

y el mesero, que ya nos había oído aquello muchas veces, nos traía resignado el humilde pan con queso y la cerveza frígida que deseábamos.

Fue en aquellos días también cuando descubrí (siendo autodidacto) que en Guatemala teníamos a mano al gran poeta Rafael Landívar, que en el siglo XVIII había escrito en latín, durante su exilio en Bolonia —exilio compartido con otros jesuitas expulsados de América en 1767 por el rey Carlos III de España—, su gran poema *Rusticatio mexicana,* con una melancólica dedicatoria a la ciudad de Guatemala recientemente destruida por el terremoto de 1773, que traté de traducir y aprendí de memoria, y cuyos primeros hexámetros me han acompañado desde entonces:

Salve cara parens, dulcis Guatemala, salve
delicium vitae, fons et origo meae:
quam juvat, Alma, tuas animo pervolvere dotes,
temperiem, fontes, compita, templa, lares,

con esas maravillosas vocales acentuadas.

La vida, y la política, me llevaron pronto por otros caminos, incluido, como le ocurrió al poeta Landívar, el del exilio; y, en efecto, mis estudios del latín llegaron hasta ahí.

Pero he tenido suerte. Esa misma vida me ha colocado ahora en un sitio privilegiado: el Instituto de Investigaciones Filológicas de la Universidad Nacional Autónoma de México, en el cual con frecuencia, ciertas mañanas luminosas, me encuentro en los duros pasillos de pisos de concreto con sabios amigos que unas veces me saludan y otras veces no, abstraídos como van en la formulación en español de algún verso de Lucrecio, de Virgilio o de Catulo, o de una frase que ha de ajustarse al estricto estilo de Cicerón.

Adolescencia de pan duro con queso, y de cerveza, la verdad, más bien tibia.

¿Cómo podía imaginar entonces, allá lejos, que algún día mis propias fábulas estarían traducidas al idioma que me abrió las puertas a las maliciosas expresiones de Aristófanes por uno de estos sabios peripatéticos, concretamente por Tarcisio Herrera Zapién (traductor de Horacio y de Tibulo) y publicadas por la Facultad de Filosofía y Letras de la Universidad de México?

Sólo se cumple lo que no se ha soñado.

Los fantasmas de Rulfo

Juan Rulfo nace, al parecer, en Sayula, estado de Jalisco, al parecer en 1918, y entra en la literatura fantástica por un camino propio y singular. En México no hay hombres-lobo, ni seres reconstruidos en una mesa de operaciones, ni vampiros. Pero abundan los fantasmas que se pasean en los cementerios y en las calles de los pueblos perdidos por la miseria, o por la violencia de la Revolución de 1910. Y hay un fantasma que recorre la obra entera de Rulfo en forma de viento, polvo, desolación y tristeza. Si la atmósfera de que hablan los retóricos es un elemento fundamental en las narraciones fantásticas, las atmósferas creadas por Rulfo son tales que en ocasiones bastan para producir más de un estremecimiento, querámoslo o no.

Curiosamente, cuando hice en México una especie de encuesta entre conocedores del género fantástico, varios de ellos opusieron fuerte resistencia a considerar fantástica esta literatura de Rulfo, sustentada en seres no venidos del más allá, sino en pobres almas no desprendidas aún del todo de su condición terrena, tumbas a medio cerrar e insinuaciones de muerte en cada página. Tal vez su argumento en contra se basara, una vez más, en que en México las cosas «son así». Y bueno, cada quien tiene los fantasmas que puede. En cuanto a los de Rulfo, difieren ciertamente de los norteamericanos o los europeos en que, en su humildad, no tratan de asustarnos sino tan sólo de que les ayudemos con alguna oración a encontrar el descanso eterno. Sobra decir que son fantasmas muy pobres, como el campo en que se mueven; muy católicos y, sobre todo, resignados de antemano a que no les demos ni siquiera eso. En pocas palabras, lo que ocurre con los fantasmas de Rulfo es que son fantasmas de verdad. ¿Significa eso que les neguemos también este último derecho, el derecho de pertenecer al glorioso mundo de la literatura fantástica? Sucede asimismo que hace años se creyó equivocadamente que Rulfo era realista cuando en realidad era fantástico, y nuestra buena crítica estaba convencida de que lo fantástico sólo se hallaba en las vueltas de tuerca de Henry James o en los corazones reveladores de Edgar Allan Poe. Entonces se planteaba también la dicotomía campo-ciudad como el ámbito o los ámbitos posibles de la narrativa mexicana, y en algunos sectores había como la necesidad de escoger tajantemente la ciudad en oposición a los problemas del campo, demasiado usados ya: la ciudad o nada. Rulfo resistió heroicamente esa demanda absurda y, para bien, se dedicó a escribir lo suyo.

El otro aleph

> *Yo creo que hay*
> *(o que hubo) otro Aleph*
> JORGE LUIS BORGES

Leo el *Ficcionario,* una antología de poemas, cuentos y ensayos de Jorge Luis Borges con introducción, prólogos y notas de Emir Rodríguez Monegal (Fondo de Cultura Económica, México, 1985). Y en esas notas, entrada número 51, lo siguiente: «"El Aleph". Una sátira de las costumbres literarias argentinas, este relato también contiene una parodia oculta de la *Divina Comedia;* hecho que Borges ha negado explícitamente en un comentario sobre el cuento para la edición norteamericana (1970)».

Hace unos treinta y cinco años conocí en la ciudad de México al crítico uruguayo Emir Rodríguez Monegal, si bien nunca fui lo que pudiera llamarse amigo suyo. Cuando en este o en aquel congreso de escritores nos encontrábamos en alguna parte del mundo, indefectiblemente me decía: «Te acabo de citar en mi conferencia; siempre te cito»; pero sin que yo me atreviera nunca a preguntarle a propósito de qué eran esas citas, nos sonreíamos y cada quien seguía su camino.

Rodríguez Monegal sabía mucha literatura hispanoamericana y universal, y entre otras cosas importantes había publicado un libro sobre Pablo Neruda que me interesaba especialmente. Como es bien sabido, en sus últimos años, radicado ya en los Estados Unidos, dedicó su talento a la obra y la vida de Jorge Luis Borges, y este *Ficcionario* es apenas una pequeña muestra de aquella fervorosa dedicación. Ambos, Borges y Rodríguez Monegal, sobrevivieron por muy poco tiempo a la aparición de ese libro, fechado en 1985. En cuanto a Emir, lamento de veras no haber podido comunicarle personalmente la sorpresa que me produjo su teoría de esa fuente (la *Divina Comedia*) e intención de «El Aleph», ambas atribuciones tan alejadas, según yo por lo menos, de la posible verdad.

Si el propio Borges lo negaba en forma tan clara, me pregunto, ¿por qué insistir en la suposición verdaderamente fantástica de que su cuento «El Aleph» quiere ser una parodia de la *Divina Comedia* dantesca? En este momento sospecho que por el deseo, tentación y debilidad en que caen muchos críticos, de adoptar los métodos o los recursos de los autores que admiran y tratan. Así, extrañamente, Rodríguez Monegal sostiene que la *Divina Comedia* «retrata el mundo entero» y es la «verdadera musa» del cuento. Sus principales razones para creerlo son dos: la coincidencia de los nombres de Beatriz en cada una de estas obras, y una curiosa acomodación de sílabas para que del nombre de *Dan*te Alighi*eri* se forme el apellido del imaginario y preocupado poeta bonaerense Carlos Argentino Daneri, protagonista de «El Aleph». Esto es ingenioso, pero no muy convincente. En cuanto hace a las Beatrices, por más que el Borges narrador del cuento amara a Beatriz Viterbo*, no dejó de anotar, a lo largo de su narración, que esta Beatriz, prima de Daneri, es un poco abyecta; divorciada que «siempre se había distraído con Álvaro»; iletrada: jamás abrió un libro de los que él le regaló; algo loca: «había en ella negligencias, distracciones, desdenes, verdaderas crueldades que tal vez reclama-

---

* Sobre el apellido Viterbo encuentro esta lejana referencia, relacionada con una posible historia universal de la superchería, en una nota al pie de la página 453 de *El Renacimiento en Italia* de J.A. Symonds, Fondo de Cultura Económica, México, 1957:

    La tentación de hacer pasar por genuinas las propias falsificaciones debe haber sido grande en esta época de descubrimientos, en que el espíritu crítico se hallaba a un bajo nivel y la curiosidad se desbordaba. El ejemplo más curioso de esta decepción [probablemente mala traducción por «engaño», «impostura»: en inglés «deception». A.M.] literaria nos lo ofrece Annio de Viterbo, quien en 1548 dio a luz diecisiete libros de relatos espurios, haciéndolos pasar por las obras perdidas de Manetho, Beroso, Fabio Pictor, Arquíloco, Catón y otros autores antiguos. No es fácil saber si, al hacerlo, obraba como un impostor o como una víctima. Unas cuantas gentes de su tiempo denunciaron estos relatos como manifiestas invenciones, pero la mayoría las aceptó como auténticas. Hace ya mucho tiempo que nadie discute su carencia de valor.

ban una explicación patológica». Como si esto fuera poco, Borges vio más tarde en el aleph descubierto por Daneri «cartas obscenas, increíbles, precisas, que Beatriz había dirigido a Carlos Argentino».

Si no es posible aceptar la afirmación de que la *Divina Comedia* «describe el mundo entero», pues para cualquiera que la haya leído es evidente que no lo hace, más difícil resulta encontrar en esta mujer la contraparte, aun en una supuesta parodia, de la Beatriz venerada por Dante, epítome de pureza y perfección. Pero, en fin, en una obra literaria uno puede hallar lo que quiera, y Emir Rodríguez Monegal tenía todo el derecho a encontrar en ésta lo que su imaginación de lector y de crítico le dictara. Aun en contra de la protesta del propio autor, Jorge Luis Borges.

Pero lo más probable es que la verdadera fuente de «El Aleph» de Borges esté en otra parte, y a buscar, y, con un poco de suerte, encontrar eso, se encaminan estas líneas.

Permítaseme citarme y hacer un poco de historia.

En mi novela *Lo demás es silencio,* en la sección de aforismos, dichos famosos, refranes y apotegmas de Eduardo Torres, en la entrada «Platitudes», puede leerse:

Sé que mis enemigos dicen que soy un escritor plano, pero recuérdese este verso de Alonso de Ercilla (*La Araucana,* canto IV): *¡Cuán buena es la justicia y qué importante!* *El Heraldo*, Ernesto Mejía Sánchez y su obsesión por la «lucida poma».

Y en verdad, pocas obras clásicas están tan plagadas de prosaísmos, planicies y lamentables ripios como lo está *La Araucana,* este gran poema que aprendí a apreciar con cierta fascinación y gusto durante mis dos años de exilio en Chile (1954-1956), en donde esa rica epopeya es una especie de monumento nacional por gracia, es de pensarse, entre otras razones, de la justicia que Ercilla hace en ella al valor y la nobleza de los indios araucanos, a quienes exterminaba con denuedo al mismo tiempo que versificaba en octavas reales, la forma heredada de Ludovico Ariosto, la historia de su conquista a mediados del siglo XVI. En varias ocasiones presencié cómo, en su casa de Santiago, Pablo Neruda hacía que alguno de sus amigos íntimos leyera en voz alta largos pasajes del poema, que el poeta escuchaba extasiado y con frecuencia coreaba con los demás asistentes a la fiesta.

Don Alonso de Ercilla y Zúñiga había nacido en Madrid en 1533, de padres nobles y desafortunados. A instancias de su madre viuda ante el emperador Carlos Quinto, a los quince años de edad don Alonso entra como paje al servicio de la casa real, lo que le dará la oportunidad de viajar por toda Europa en los próximos seis. Por una parte, esto hace que su educación no sea, por decir lo menos, ni metódica ni satisfactoria; pero, por otra, la moda cortesana imperante lo familiariza con las obras de Boccaccio, Petrarca, Garcilaso, Dante, Ariosto y Sannazzaro, más el obligado estudio de la *Eneida* de Virgilio y la *Farsalia* de Lucano. El sino viajero que marcará su vida lo lleva en 1555 a cruzar el Atlántico camino del Perú, de donde pasa pronto a Chile. De aquí vuelve desterrado, después de estar unos meses preso por sus actitudes levantiscas y pendencieras, al Perú, en situación económica angustiosa. En 1563 regresa a España. De sus más de siete años en aquella región de América, gastó uno y medio en la guerra de reconquista contra los araucanos, a quienes en ese lapso aprendió a matar, a admirar, y quizás a amar. Nunca antes el cortesano Ercilla había escrito un solo verso; pero ahí, en aquellas circunstancias, se descubrió poeta, y la historia de sus luchas de esos dieciocho meses entre la vida y entre la muerte, entre la verdad real y la verdad poética, está inserta en las 2.633 octavas reales de que se compone *La Araucana*, que por partes y en diferentes fechas publicó en España. Este poema, compuesto aquí y allá, y en buena medida, según él, durante las noches de los días de batalla, le procuró inmensa fama en vida y lo puso firmemente en la posteridad, bien leído por unos cuantos (los indispensables) y mal o de mala gana por muchos, incluidos algunos de los que por programa lo enseñan hoy sin entusiasmo en escuelas y universidades. Al final de su vida Ercilla se convirtió en un hombre rico; pero el menosprecio de Felipe Segundo, a quien disgustó por tímido y a quien sirvió con torpeza como diplomático ocasional, lo sumió en un pesimismo incurable. Dicen que conoció y que fue amigo del Cervantes recién regresado del cautiverio en Argel, y es cierto que el generoso Cervantes le dedica aquella torturada octava real de la *Galatea* que dice:

> *Otro del mismo nombre, que de Arauco*
> *cantó las guerras y el valor de España,*
> *el cual los reinos donde habita Glauco*
> *pasó y sintió la embravecida saña,*
> *no fue su voz, no fue su acento rauco,*
> *que uno y otro fue de gracia extraña,*

*y tal, que Ercilla, en este hermoso asiento
merece eterno y sacro monumento,*

y que el Cura salva *La Araucana* del fuego, elogiándola, en el capítulo VI de la Primera parte del *Quijote*. Aunque a ratos lo añorara, Ercilla no regresó nunca al lugar de sus hazañas de espada y de pluma, y, de esta manera, en 1594, a los sesenta y nueve años, murió en su cama, próspero, glorioso y triste, como el final de su libro.

No todos los poetas son Dante o Ariosto. En las 2.633 octavas reales que componen *La Araucana,* o en su equivalente de 21.064 renglones endecasílabos que a su autor le fue necesario rimar, los versos malos, los ripios y los consonantes pobres pueden saltar peligrosamente de una página a otra, como enemigos araucanos en la oscuridad de la noche. Pero por fortuna hay muchas otras cosas curiosas e imprevistas en un poema de esa magnitud. Y un aleph muy grande, precisamente, es una de ellas.

Cuando el doctor Eduardo Torres dedicó a su amigo Ernesto Mejía Sánchez el artículo «Platitudes», citado arriba, estaba haciendo, con la misteriosa referencia a cierta «lucida poma», una oculta alusión a las conversaciones que el poeta nicaragüense y yo habíamos sostenido acerca del anciano mago Fitón, quien en el canto XXVII de *La Araucana* muestra al conquistador Ercilla, su enemigo español, nada menos que una esfera de cristal en la que podía contemplarse simultáneamente cuanto sucedía en ese momento en las más diferentes y opuestas regiones del globo terráqueo, en la misma forma que ocurrirá con el aleph de Carlos Argentino Daneri, poeta detestable, y de Jorge Luis Borges, escritor genial, unos trescientos años más tarde.

 De ese prodigioso canto Ercilla dedica cuarenta y siete y media octavas reales a describir, por boca del orgulloso mago araucano, su inventor, los múltiples lugares y sucesos del mundo pasado y presente que podían contemplarse al mismo tiempo en la «poma lucida» (poma por pomo o frasco redondo), no de «dos o tres centímetros» como la descubierta por Carlos Argentino Daneri en el sótano de su casa de la calle Garay en Buenos Aires, sino, por lo contrario, muy grande, tan grande que se hallaba en una «cámara espaciosa que media milla en cuadro contenía» y no podía ser abarcada por veinte hombres. El satisfecho mago Fitón hace mirar en ella a Ercilla prácticamente todos los sitios posibles del mundo antiguo y del mundo moderno, y a sus habitantes, que pasan ante los ojos atónitos del poeta (como en el cuento de Borges pasan por los de Borges): países, ciudades, gente, ríos, aves, montañas, insectos, mares:

Ves a Burgos, Logroño y a Pamplona;
y bajando al poniente, a la siniestra,
Zaragoza, Valencia, Barcelona;
a León y a Galicia de la diestra.
Ves la ciudad famosa de Lisbona,
Coímbra y Salamanca, que se muestra
felice en todas ciencias, do solía
enseñarse también nigromancía.

Mira los despoblados arenosos
de la desierta y seca Libia ardiente;
Garamanta y los pueblos calurosos,
donde habita la bruta y negra gente;
mira los trogloditas belicosos,
y los que baña Gambra en su corriente:
mandingos, monicongos y los feos
zapes, biafras, gelofos y guineos.

Mira a Jalisco y Michoacán, famosa
por la raíz medicinal que tiene;
y a México abundante y populosa,
que el indio nombre antiguo aun hoy
retiene;
ves al sur la poblada y montüosa
tierra que en punta a prolongarse viene,

> *que los dos anchos mares por los lados*
> *la van adelgazando los costados.*

No contento con esto, el mago Fitón, entusiasmado con la maravillosa bola creada por él mismo, le presume ufano a Ercilla de que si contara con más tiempo le podría mostrar en esa misma bola los cuerpos celestes y la virtud de los astros:

> *Y como ves en forma verdadera*
> *de la tierra la gran circunferencia,*
> *pudieras entender, si tiempo hubiera,*
> *de los celestes cuerpos la excelencia,*
> *la máquina y concierto de la esfera,*
> *la virtud de los astros y influencia,*
> *varias revoluciones, movimientos,*
> *los cursos naturales y violentos.*

Más que satisfecho con lo que ve de la tierra, antes de describir el contenido de la esfera el poeta Ercilla había compendiado en una sola octava lo que iba a contemplar con asombro, un ceñido resumen de las cuarenta y siete y media que siguen:

> *Era en grandeza tal que no podrían*
> *veinte abrazar el círculo luciente,*
> *donde todas las cosas parecían*

*en su forma distinta y claramente:
los campos y ciudades se veían,
el tráfago y bullicio de la gente,
las aves, animales, lagartijas,
hasta las más menudas sabandijas.*

Al llegar al momento culminante de su historia —y cito largamente para deleite de ustedes— Borges dice en «El Aleph»:

> En la parte inferior del escalón, hacia la derecha, vi una pequeña esfera tornasolada, de casi intolerable fulgor. Al principio la creí giratoria; luego comprendí que ese movimiento era una ilusión producida por los vertiginosos espectáculos que encerraba. El diámetro del Aleph sería de dos o tres centímetros, pero el espacio cósmico estaba ahí, sin disminución de tamaño. Cada cosa (la luna del espejo, digamos) era infinitas cosas, porque yo claramente la veía desde todos los puntos del universo. Vi el populoso mar, vi el alba y la tarde, vi las muchedumbres de América, vi una plateada telaraña en el centro de una negra pirámide, vi un laberinto roto (era Londres), vi interminables ojos inmediatos escrutándose en mí como en un espejo,

vi todos los espejos del planeta y ninguno me reflejó, vi en un traspatio de la calle Soler las mismas baldosas que hace treinta años vi en el zaguán de una casa en Fray Bentos, vi racimos, nieve, tabaco, vetas de metal, vapor de agua, vi convexos desiertos ecuatoriales y cada uno de sus granos de arena, vi en Inverness a una mujer que no olvidaré, vi la violenta cabellera, el altivo cuerpo, vi un cáncer en el pecho, vi un círculo de tierra seca en una vereda, donde antes hubo un árbol, vi una quinta de Adrogué, un ejemplar de la versión inglesa de Plinio, la de Philemon Holland, vi a un tiempo cada letra de cada página (de chico, yo solía maravillarme de que las letras de un volumen cerrado no se mezclaran y perdieran en el decurso de la noche), vi la noche y el día contemporáneo, vi un poniente en Querétaro que parecía reflejar el color de una rosa en Bengala, vi mi dormitorio sin nadie, vi en un gabinete de Alkmar un globo terráqueo entre dos espejos que lo multiplicaban sin fin, vi caballos de crin arremolinada, en una playa del mar Caspio en el alba, vi la delicada osatura de una mano, vi a los sobrevivientes de una batalla enviando tarjetas postales, vi en un escaparate de Mirzapur una baraja española, vi las sombras oblicuas de unos helechos en el suelo de un invernáculo, vi tigres, émbolos, bisontes, marejadas y ejércitos, vi todas las hormigas que hay en la tierra, vi un astrolabio persa, vi en un cajón del escritorio (y la letra me hizo temblar) cartas obscenas, increíbles, precisas, que Beatriz había dirigido a Carlos Argentino, vi un adorado monumento en la Chacarita, vi la reliquia atroz de lo que deliciosamente había sido Beatriz Viterbo, vi la circulación de mi oscura sangre, vi el engranaje del amor y la modificación de la muerte, vi el Aleph, desde todos los puntos, vi en el Aleph la tierra, y en la tierra otra vez el Aleph y en el Aleph la tierra, vi mi cara y mis vísceras, vi tu cara y sentí vértigo y lloré, porque mis ojos habían visto ese objeto secreto y conjetural, cuyo nombre usurpan los hombres, pero que ningún hombre ha mirado: el inconcebible universo.

Son numerosas, pues, las coincidencias, a veces contradictorias, entre la enorme bola de Ercilla y la diminuta de Borges.

La de Ercilla es «una gran poma milagrosa»; la de Borges, «una pequeña esfera tornasolada»; la de Ercilla contiene «en muy pequeña forma grande espacio»; en la de Borges, «el espacio cósmico estaba allí, sin disminución de tamaño»; en la de Ercilla: «verás del universo la gran traza»; los ojos de Borges habían visto «el inconcebible universo»; Ercilla: «vi croatas, dalmacios, eslavones, búlgaros, albaneses, transilvanos, tártaros, tracios, griegos», y «la multitud de gente que allí había»; Borges: «vi las muchedumbres de América».

En otro canto, Ercilla había visto, entera, con todo detalle y en vivo, la batalla de Lepanto; Borges ve «el populoso mar»; Ercilla ve «hasta las más menudas sabandijas»; Borges, «todas las hormigas que hay en la tierra»; Ercilla ve tierras que «nunca antes habían sido descubiertas»; Borges ve «convexos desiertos ecuatoriales»; Ercilla ve «a México abundante y populosa»; Borges observa «un laberinto roto (era Londres)»; Ercilla percibe a Michoacán, «famosa por la raíz medicinal que tiene»; Borges contempla «un poniente en Querétaro».

Éstas, y otras que no traslado aquí en honor de la brevedad elogiada por Ercilla en ese canto XXVII, son algunas de las similitudes que yo había encontrado en 1962 al corregir las pruebas de la edición de *La Araucana* publicada por la Universidad Nacional Autónoma de México en su colección Nuestros Clásicos: quizá simples coincidencias en la obra de dos escritores geniales, pero significativas en contra de la supuesta fuente dantesca.

Literariamente importa más la diferencia esencial: la magia del conquistador Ercilla es una magia sin magia, sin magia verbal, una magia ripiosa y un tanto mecánica de su guerrero siglo XVI; la de Borges, su propia magia conceptual, irónica, simultaneísta y ambigua, características que él mismo contribuyó a establecer con su obra en la literatura del siglo XX. Como su «Pierre Menard, autor del *Quijote*», «El Aleph» de Borges dice en el siglo XX cosas muy diferentes que la poma de Ercilla en el siglo XVI. Pero lo curioso es que «El Aleph» se ha convertido en el cuento definitorio por excelencia de la originalidad, una originalidad que nadie discute, de Jorge Luis Borges, el cuento que lo identifica sin más, según la crítica mundial, como el escritor modélico que marca con él un nuevo punto de partida en la literatura fantástica de nuestro tiempo. Sin embargo, como hemos visto, es cierto que en el mundo de la imaginación existen dos esferas: una muy grande y una diminuta, y que cualesquiera que sean las coincidencias o diferencias verbales con que se describe su contenido, el hecho objetivo es que en ambas se refleja simultáneamente el infinito universo: un aleph de Borges y un aleph de Ercilla que sin encontrarse han coexistido en la literatura en español durante el último medio siglo.

Dice Borges en la posdata de «El Aleph»: «Por increíble que parezca, yo creo que hay (o que hubo) otro Aleph».

Y en seguida da sus razones para fundar esa creencia:

> Pedro Henríquez Ureña descubrió en una biblioteca de Santos un manuscrito suyo [del capitán Burton. A. M.] que versaba sobre el espejo que atribuye el Oriente a Izkandar Zu al-Karnays, o Alejandro Bicorne de Macedonia. En su cristal se reflejaba el universo entero. Burton menciona otros artificios congéneres: la séptuple copa de Kai Josrú [que no he hallado. A. M.], el espejo que Tarik Benzeyad encontró en una torre (1.001 noches, 272) [que no aparece bajo ese número en mis ediciones inglesa y española. A. M.], el espejo que Luciano de Samosata pudo examinar en la luna (*Historia verdadera,* I, 26) [que está allí y a la letra dice: «Hay un espejo colocado encima de un pozo no muy

profundo. Y si alguno baja a tales pozos oye todo lo que acá en la tierra nuestra se dice; y si mira al espejo, ve a todas las gentes y ciudades como si estuviera presente. Ahí contemplé yo a mis parientes y a toda mi patria. Si acaso ellos a su vez me miraban lo ignoro y no puedo asegurarlo. Si alguno cree que esto no es así entenderá que digo verdad si alguna vez fuere llevado allá», Luciano de Samosata, *Novelas cortas* y *cuentos dialogados*, Jus, México, 1966. A. M.], la lanza especular que el primer libro del *Satyricon* de Capella [que no he encontrado. A. M.] atribuye a Júpiter, el espejo universal de Merlín, «redondo y hueco y semejante a un mundo de vidrio»(*The Faerie Queen*, III, 2, 19) [que allí está, y dice: «*For thy it round an hollow shaped was, / like to the world it selfe and seem'd a world of glass*», Edmund Spenser, *The Faerie Queen*, III, II, 19, Penguin Classics. A. M.].

Entre una y otra referencias, Borges en ningún momento recuerda a Alonso de Ercilla y su *Araucana* como el lugar en «que hay (o que hubo) otro Aleph».

Se diría, no sin cierta perturbación, que a pesar de cuatro siglos de gloria escolar a partir de su gran éxito inicial, nadie en este mundo hubiera leído en los últimos cincuenta años *La Araucana,* ni, mucho menos, encontrado en sus páginas este descomunal aleph, tan grande que parece impedir verlo, el aleph de Ercilla, como suelo llamarlo; de Alonso de Ercilla, cortesano fracasado, poeta inculto y disonante, soldado generoso y usurero implacable.

Pero en efecto, escondido en territorio chileno, existió hace todos aquellos años este otro aleph que la aguda intuición de Jorge Luis Borges sospechaba, pero que no llegó nunca a precisar.

«¡Qué buena es la justicia y qué importante!», dice el poeta Ercilla en el verso recordado en mi novela por Eduardo Torres. Creo que a hacérsela a él estaban encaminadas la curiosidad de Ernesto Mejía Sánchez y la mía cuando intercambiábamos estas impresiones a raíz de mi lectura de pruebas de *La Araucana.* ¿Inició Mejía Sánchez, terminó, publicó algún trabajo sobre esto? No lo sé; no lo creo. En todo caso, estas líneas están dedicadas a su memoria.

P. S.

Mi amigo Antonio Fernández Ferrer me entrega hace unos años con una sonrisa, en el *lobby* del hotel Wellington de Madrid, lo siguiente, tomado del libro XII («Que trata de la conquista de México»), capítulo I («De las señales y pronósticos que aparecieron antes que los españoles viniesen a esta tierra, ni hubiese noticia de ello») de la *Historia general de las cosas de la Nueva España* de fray Bernardino de Sahagún:

> La séptima señal fue que los cazadores de las aves del agua cazaron una ave parda del tamaño de una grulla, y luego la fueron a mostrar a Mocthecuzoma, que estaba en una sala que llamaban Tlitlancalmécatl, era después de medio día; tenía esta ave en medio de la cabeza un espejo redondo, donde se parecía el cielo, y las estrellas, y especialmente los mastelejos que andan cerca de las cabrillas: como la vio Mocthecuzoma espantóse, y la segunda vez que miró en el espejo que tenía el ave: de ahí un poco vio muchedumbre de gente junta que venían todos armados encima de los caballos, y luego Mocthecuzoma mandó llamar a los agoreros y adivinos y preguntóles, ¿no sabéis que es esto que he visto? que viene mucha gente junta, y antes que respondieran los adivinos desapareció el ave, y no respondieron nada.

Por mi parte, en Nicolás Sebastián Roch, llamado Chamfort (*Máximas,* traducción de Antonio Martínez Sarrión) encuentro un aleph más íntimo, que todos llevamos dentro:

> M. me decía: «Me he limitado a buscar todos mis placeres en mi interior, es decir en el exclusivo ejercicio de mi inteligencia. La naturaleza ha puesto en el cerebro humano una pequeña glándula llamada cerebelo, la cual desempeña el papel de un espejo; ahí se representan, mal que bien en grande o en pequeño, en líneas generales o en detalle, todos los objetos del universo, incluidos los productos de su propio pensamiento. Es una linterna mágica que pertenece al hombre y ante la cual se suceden escenas donde es alternativamente actor y espectador».

Y en la prensa mexicana:

> París, 21 de febrero de 1996 (AFP). Misteriosas piedras venidas de todas partes del mundo, símbolos de poder y de gloria o dotadas de virtudes mágicas, como el espejo adivinatorio de Moctezuma II, en obsidiana, iluminan el pari-

siense Museo de Historia Natural. La pieza que más atrae al público es, según los organizadores, el espejo adivinatorio azteca, que data del siglo XV o XVI.

El espejo fue enviado por el conquistador Hernán Cortés a Carlos V, en un galeón español que fue interceptado en 1522 por el corsario normando Jean Fleury de Honfleur, que se lo envió a Francisco Primero.

Me atrevo a suponer que todo esto habría divertido la imaginación de nuestro *miglior fabbro,* Jorge Luis Borges.

Milagros del subdesarrollo

Mi biblioteca es la Biblioteca, le gustaba decir al gran maestro dominicano Pedro Henríquez Ureña, hombre de libros que no quería tenerlos en su casa. Y los que amamos los libros sabemos por qué. En una ocasión quise deshacerme de quinientos de ellos. No pude, y ya lo he contado; en un libro, por supuesto, del cual hoy alguien querrá deshacerse. Envíelo a la Biblioteca de su barrio.

En los años de mi adolescencia la Biblioteca Nacional de Guatemala fue también *mi* biblioteca. Tarde tras tarde acudí allí a leer libros que durante horas enteras eran *mis* libros.

La Biblioteca era tan pobre que sólo contaba con libros buenos. Constituyó una suerte para mí que su presupuesto fuera tan escaso como para que no pudiera darse el lujo de adquirir libros malos, es decir, modernos. No era ése el reino de Hemingway ni de nadie que se le pareciera.

De este modo, durante meses leí ahí el *Quijote* en los bellos volúmenes de la llamada edición del Centenario, que preparó don Francisco Rodríguez Marín, por quien aprendí a gozar las notas a pie de página, la erudición, y, de paso, a odiar al quisquilloso don Diego Clemencín, la *bête noire* de aquel gran sabio.

La Biblioteca era tan pobre, decía, que en ella leí también, y amé, el *Oráculo manual* de Gracián en su primera edición, que un lento empleado le llevaba a su mesa de lectura al muchacho más o menos desharrapado que era yo por entonces.

Y todavía no me explico cómo tal cosa era posible, y cuando en mi insomnio recuerdo aquellos días pienso con temor si aquel volumen continuará allí, y, en caso de que así sea, a qué se deberá el milagro.

Yo sé quién soy

Cada ocasión en que publico un libro nuevo (cosa en verdad no muy frecuente) las primeras llamadas telefónicas que recibo son de amigos míos para señalarme los tres o cuatro errores gramaticales, de información o de cualquier otra índole que han descubierto en las páginas de mi engendro.

Entonces, en medio de vagas defensas, les ruego que me permitan ir por un lápiz para anotarlos, y al hacerlo les prometo con sincera humildad ser más cuidadoso en el futuro, si es que, después de esto, en el futuro habré de atreverme a publicar otra cosa.

Como es natural, acto seguido corro a averiguar si mis amigos estaban en lo cierto, y me alegro de veras cuando la mayoría de las veces encuentro que no. Y no es que uno (yo, o quien sea) no se equivoque nunca o nunca cometa errores; pero por lo general esos errores son los que los amigos ni siquiera sospechan y, claro, los que uno no les dará el gusto de reconocer. En algunos casos, incluso, se trata de errores que han venido repitiéndose en los libros edición tras edición, debido al sistema moderno de reimprimir por medio de fotografía o fotolito: el error ha permanecido ahí durante años y ni siquiera vale ya la pena corregirlo. Es más, en ocasiones uno se consuela con la idea de que un error aquí o allá conviene para mantener viva la naturalidad del estilo; el estilo, que debe parecerse a la vida.

Pero hay errores, erratas y francas equivocaciones.

Los descuidos de Cervantes en el *Quijote* han dado pie durante siglos a sagaces comentarios que los eruditos se transmiten de generación en generación desde los tiempos mismos, casi, de la primera salida del libro y de su protagonista. También me gusta recordar la terca negativa de don Luis de Góngora a reconocer como error un pasaje especialmente oscuro de su *Fábula de Acis y Galatea* (el *Polifemo* para los de confianza). Por supuesto, la aparente falta de sintaxis cometida por el poeta en esa obra dio a sus amigos cercanos, y ha dado hasta hoy a los estudiosos de su poesía, más que hablar que todo el resto de su producción.

¿Cómo resistir la tentación, pues, de señalar un punto en apariencia equivocado o, inclusive, hipócritamente, de defenderlo, en la obra de un mero colega?

En cuanto a la oscuridad, ¿no hace pensar a muchos que lo que no entienden es más valioso que lo que se les ofrece por el lado de la sencillez y la claridad? Si un error oscurece tal párrafo convirtiéndolo en algo misterioso y, por consiguiente, atractivo, ¿no es mejor dejarlo tal cual? A cierta señora que le señaló que un texto suyo le parecía algo oscuro, Mallarmé le contestó que sí, que en efecto debía oscurecerlo un poco más.

Ya metido en el tema, trato ahora de recordar errores célebres en escritores de nuestro idioma, pero probablemente no haya muchos, y además no importa. Bueno, me viene a la memoria por lo menos uno, pero no el nombre de su autor. Se trata de un verso de un poeta español del siglo diecinueve; un endecasílabo por lo demás perfecto:

Desde el nevado hasta el ardiente Polo.

Obsérvese que no estamos ante un gazapo o un posible descuido del autor sino de una convicción muy firme. Se nota que en un momento dado el poeta estaba seguro de que si el Polo Norte era frío, el Polo Sur debía ser consecuentemente ardoroso. Lo más que se me ocurre para explicarme su disparate es que el poeta tuvo en mente el Cabo de Hornos y que de esta palabra dedujo la ardentía del Polo Sur. Pero los niños de la escuela sabían ya que el Cabo de Hornos se llama así en honor de Hoorn, la ciudad natal de su descubridor holandés.

 Los otros días estuve leyendo el libro de Julian Barnes *El loro de Flaubert,* en el que todo un capítulo está dedicado a señalar ciertos errores cometidos por novelistas y poetas de lengua inglesa, todo con relación al hecho de que, en su novela más famosa, Gustave Flaubert atribuye colores diferentes a los ojos de Emma Bovary, y así en un lugar éstos son pardos, en otro negros, y aun en otro, azules. La verdad es que nosotros, simples lectores, hemos recorrido la novela en más de una ocasión sin reparar en esta minucia. Minucia cuando el error no ha sido descubierto. El novelista Barnes, por medio de su personaje Geoffrey Braithwaite, atribuye el hallazgo de esas imprecisiones a la difunta doctora Enid Starkie, profesora emérita de literatura francesa en la Universidad de Oxford, a la que confiesa odiar por su acuciosidad. Luego, al grito defensivo y dolido (aparte de irónico) de ¡los escritores no son perfectos!, Barnes indica, esta vez atribuyendo sus denuncias a un tal profesor Ricks, que el poeta soviético Yevgueni Yevtuchenko se equivoca en un poema sobre el ruiseñor norteamericano; que Pushkin yerra al hacer mención del uniforme militar que se usaba en los bailes de la corte de los zares; que Vladimir Nabokov desatina y no entiende la fonética del nombre Lolita; que Coleridge, Yeats y Browning tomaron unas cosas por otras, y aun que en ocasiones desconocían cosas que mencionaban.

Pero lo que más sorprende a Barnes (o a su personaje) es

1) Que William Golding haya mostrado en *El señor de las moscas* su desconocimiento de las leyes de la óptica al hacer que las gafas de Piggy fueran usadas para inventar otra vez el fuego: según él, y habrá que creerle, de cualquier lado que esas gafas se colocaran era imposible que los rayos solares convergieran a través de ellas; y
2) Que el poeta Tennyson, basado quizás en una información errónea del diario londinense *The Times,* sostuviera en su popular poema «La carga de la caballería ligera» que los jinetes que se dirigían hacia la muerte eran seiscientos; en realidad, dice, fueron más, pero al poeta le sonaba mejor seiscientos y así lo dejó.

Después de breves divagaciones Barnes vuelve a lo que verdaderamente le importa: el color de los ojos de Emma Bovary y su odio a la doctora Starkie por haber descubierto esa imprecisión nada menos que en el perfeccionista número uno, Flaubert.

Uno de los libros más fundamentados y entretenidos que uno puede leer en la actualidad es precisamente este *Loro de Flaubert*, y, por supuesto, en la traducción uno tropieza con muchos errores; pero los errores de traducción son pan de todos los días, y no me detendré para nada en ellos habida cuenta de que, cuando nos toca traducir, todos los cometemos. Pero ¿qué tal encontrar un posible error del propio Barnes, en este mismo libro, para que Braithwaite se apiade de la finada doctora Starkie?

Bien. Abrir por el capítulo 12, titulado «Diccionario de tópicos, por Geoffrey Braithwaite». A la manera del *Dictionaire des idées reçues* del Maestro, aquí se registran tópicos sobre Flaubert, de la A a la Z, en seis páginas. Si se tiene a la mano esta traducción al español del *Loro,* y uno se detiene en la página 190, encuentra:

> *Quijote, Don:*
> ¿Fue Gustave un viejo romántico? Sentía verdadera pasión por aquel caballero soñador al que una sociedad vulgar y materialista forzó a andar sin rumbo por el mundo. «*Madame Bovary c'est moi*» es una alusión a la respuesta que dio Cer-

vantes cuando en su lecho de muerte le preguntaron por el origen de su famoso personaje.

¿Algo extraño? Nada, ¿verdad? Claro, uno (con excepción de los amigos del autor) siempre supone que lo que está en un libro tiene que estar bien. Así es el prestigio de la letra impresa. Los lectores en inglés de *Flaubert's Parrot* así entendieron el tópico *Quijote, Don* y, hasta donde yo sé, los lectores en español lo han dado también por bueno, comenzando por el traductor. Nadie ha cuestionado lo siguiente: en su lecho de muerte, ¿quiénes interrogaron a Cervantes sobre el origen de su famoso personaje? Si alguien estuvo con él en su último momento se supone que habrá sido su mujer y, acaso, el cura que le dio la extremaunción. Pero Braithwaite-Barnes dan aquí por sentado que murió —como en la época romántica— rodeado de personas lo suficientemente listas como para preguntarle lo que, con suerte, serían sus «últimas palabras»:

—Maestro, por favor, revélenos el origen de ese personaje suyo tan extraño, don Quijote.

Como en el caso del poeta de los polos frío y caliente, ¿qué andaba en la memoria de Braithwaite cuando escribió tal cosa? Es de suponer que en ella flotaría la hoy famosa afirmación de don Quijote: «Yo sé quién soy», en respuesta al labrador que le recordaba que no era ni Valdovinos ni Abindarráez, sino el «honrado hidalgo del señor Quijana» (*Quijote*, I, 20).

O Barnes escribió lo que escribió a sabiendas, y en ese caso yo me estoy pasando de listo, es decir, equivocándome, o se trata de un error. Pero también podría suceder que la falsa respuesta de Cervantes le suene bien a la gente y que, con el tiempo, por lo menos en Inglaterra, pase a convertirse en un hecho cierto.

La mano de Onetti

Si a uno le gustan las novelas, escribe novelas; si le gustan los cuentos, uno escribe cuentos. Como a mí me ocurre lo último, escribo cuentos. Pero no tantos: seis en nueve años, ocho en doce. Y así.

Los cuentos que uno escribe no pueden ser muchos. Existen tres, cuatro o cinco temas; algunos dicen que siete. Con esos debe trabajarse.

Las páginas también tienen que ser sólo unas cuantas, porque pocas cosas hay tan fáciles de echar a perder como un cuento. Diez líneas de exceso y el cuento se empobrece; tantas de menos y el cuento se vuelve una anécdota, y nada más odioso que las anécdotas demasiado visibles, escritas o conversadas.

La verdad es que nadie sabe cómo debe ser un cuento. El escritor que lo sabe es un mal cuentista, y al segundo cuento se le nota que sabe, y entonces todo suena falso y aburrido y fullero. Hay que ser muy sabio para no dejarse tentar por el saber y la seguridad.

Como Juan Carlos Onetti es sabio, sabe que no sabe y por eso sus cuentos son insondables y como seres vivos que hay que volver a ver una y otra vez, de principio a fin, y por en medio, y por las esquinas de las páginas y de los párrafos; y empezar de nuevo porque la vida y los cuentos son complicados, y un tiempo más tarde, seis años o una semana, el cuento ya es otro, y uno ya es otro, y entonces hay que recomenzar y darle vueltas, agitarlo antes de usarlo y dejar que las palabras vuelvan a asentarse para permitirles una vez más revelar su misterio, a medida que pasan al ojo, a lo que llamamos cerebro (palabra horrible) o, mejor, a lo que antes se decía sin ninguna vergüenza el corazón o el alma, a donde los cuentos de Onetti van indefectiblemente a dar, porque ése es su blanco secreto, y uno se va dando cuenta de eso y encuentra, con un gusto más bien melancólico, que eso es un cuento, y que por lo mismo los cuentos no pueden ser muchos porque el corazón no los resistiría, y si son de Onetti, menos. Y esto sí lo sabe Onetti y por eso no ha escrito tantos para dejarnos pasar a sus novelas, en las cuales siempre es más fácil, por una razón o por otra, acostumbrarse con tiempo a las cosas, y sobrevivir.

Una mañana de 1967 Onetti llegó a mi casa en la ciudad de México. Lo más probable es que él lo olvidara. Yo lo acompañaría a la Universidad de México, en donde grababa un disco para una colección llamada Voz Viva de América Latina. Llegó a mi casa un día, una mañana, en la ciudad de México.

En la pequeña sala, una hija mía de meses le llamó la atención. Onetti se acercó a ella. Inclinándose, extendió un brazo y le acarició con ternura la cabeza. En su cuento «Un sueño realizado» alguien acaricia también una cabeza en el final de la vida. De entonces para acá he estado cerca de Onetti, sin que él me viera, en varias ocasiones. El mejor recuerdo suyo que tengo es el de su mano en la cabeza de mi hija en el principio de la vida.

Premio Juan Rulfo

Los términos Latinoamérica y Caribe como un todo designan regiones tan vastas, que la misma imaginación, un tanto abrumada, se encuentra en problemas para abarcarlos de una sola vez. Mientras, como puede, la mente acomoda en ese gran conglomerado a El Salvador, a Brasil o a La Martinica con sus lagos, sus ríos y sus montañas, así como a sus cuatrocientos millones de habitantes de diversas culturas, colores, lenguas y dialectos. Pues bien, de esos millones de inquietos seres humanos son muy pocos, poquísimos, los lectores; pero muchos, muchísimos, los escritores: novelistas, poetas, y meros hombres de pluma en general.

Entre estos últimos me ha tocado en esta ocasión a mí, salido de la porción quizá más pequeña de aquel desmesurado conjunto de pueblos y nacionalidades, y por decisión de un jurado tan valiente como generoso, recibir este Premio de Literatura Latinoamericana y del Caribe Juan Rulfo, que me honra inmensamente pero que, y lo digo con toda sinceridad, ni mis más cercanos amigos pensaron jamás que yo mereciera, aun cuando mi esposa, Bárbara Jacobs, una optimista sin remedio posible, lo había venido dando por descontado cada año, desde el primero de su fundación. A nadie deberá extrañar, entonces, que sea a ella a quien lo dedico, por ésta y mil otras razones.

Me referí antes a la inmensidad del Continente que habitamos. ¿No es doblemente milagroso ver cómo este Premio, que lleva el nombre y sobre todo el sello personal de ese genial escritor surgido de la entraña más profunda de México, de aquel hombre silencioso por sabio y naturalmente hosco por indignación, de cuya amistad gocé desde mis primeros años en este país hasta el día de su muerte, ver cómo este Premio nos une ahora a través de nuestros libros, del juicio de nuestros críticos y profesores, y de la conciencia, que deseo crecientemente aguda, de nuestra irremediable hermandad continental? Pues es un hecho cierto que cada vez más las voces apagadas de los fantasmas de *Pedro Páramo* y de los personajes igualmente fantasmales de *El llano en llamas* recorren nuestros caminos y saltan nuestras fronteras artificiales para ir a unirse a esos otros espíritus desolados que salen por las noches de los libros del uruguayo Horacio Quiroga, del venezolano Rómulo Gallegos, del argentino Roberto Arlt, del peruano José María Arguedas, del guatemalteco Miguel Ángel Asturias o del salvadoreño Salvador Salazar Arrué, Salarrué; esas voces de los destinos duros y sin esperanza, que siguen emitiéndose sin ser escuchadas en este Continente que Luis Carlos Prestes llamó a mediados de este siglo el Continente de la Esperanza, y hoy se quiere olvidar, y de hecho se olvida, qué esperanza fuera aquélla y, por supuesto, desde qué trinchera hablaba el dirigente legendario. Pero Juan Rulfo sí lo sabía y, apretando los dientes, se identificaba con aquellas voces y con aquellos autores, y hoy forma un gran todo con ellos en nuestro desmemoriado Continente. Y me gusta pensar que este Premio es también de ellos y para ellos.

Cinco grandes poetas y prosistas —si es que la distinción de poesía y prosa puede hacerse en sus casos concretos— me han precedido en la obtención de este Premio; cinco escritores iberoamericanos de los que, no por casualidad, he tenido la fortuna de llamarme amigo, y en los países de los cuales he permanecido mayor o menor tiempo, en una ocasión o en otra, enfrentado a circunstancias dramáticas o dichosas.

Nicanor Parra, en cuya patria viví dos años de destierro, cuando el gobierno de los Estados Unidos acabó con el régimen democrático de Jacobo Arbenz en Guatemala, y diecinueve años antes de que aquel gobierno decidiera también hacer lo mismo con el de Salvador Allende en Chile, en tanto que en las espléndidas alamedas se escuchaba la voz triste de Violeta Parra, la hermana del poeta, dando gracias a la vida: dos años de exilio chileno en que aprendí la fuerza de la solidaridad y las maravillas de la cueca y el vino.

Juan José Arreola, maestro indiscutible de la palabra y la imaginación, autor de cuentos prodigiosos que en buena parte tuve la oportunidad y la suerte, gracias a nuestra fraternal amistad, de ver nacer tema por tema, casi línea por línea, y compañero incomparable, junto con Juan Rulfo, Ernesto Mejía Sánchez, Rubén Bonifaz Nuño y José Durand, de mis largos años de exilio y aprendizaje literario —que aún no termina— en un México hoy casi de leyenda.

Hago aquí un breve paréntesis. En dos ocasiones asomó en los párrafos anteriores el término exilio, esa palabra que hasta hace muy pocos años mantuvo su vigencia en nuestros países, y que los argentinos, los chilenos y los guatemaltecos conocemos especialmente bien. Hace tan sólo unos meses yo mismo volví por primera vez a mi patria, Guatemala, después de cuarenta y dos años de ejercer ese obligado destino. ¿Qué me movió a hacerlo? Una vez más, la esperanza, la esperanza apoyada en ciertas señales de cambio, pero en particular la venturosa coyuntura de que en aquellos días, y en estos días, la buena voluntad, o la profunda convicción de ambas partes en conflicto de que así tiene que ser, ha hecho que la Unidad Revolucionaria Nacional Guatemalteca y el Gobierno de Guatemala estén muy cerca de lograr la paz definitiva. Manifiesto aquí mi esperanza de que en el futuro no se dé nunca más la literatura guatemalteca en el exilio, y de que se cumpla el deseo de Arthur Rimbaud cuando en su propia temporada en el infierno se preguntaba: «¿Cuándo iremos mas allá de las playas y los montes a saludar el nacimiento del nuevo trabajo, la nueva sabiduría, la fuga de los tiranos y de los demonios, el fin de la superstición?».

Eliseo Diego, todo talento, todo amor por la literatura, todo él creador de íntimas obras maestras irrepetibles en que la prosa y la poesía cumplen con claridad el ya señalado ideal de ser la misma cosa, y a quien conocí y aprendí a querer en su Cuba indoblegable y en nuestro México, que también nos vio unidos.

Julio Ramón Ribeyro, con cuyos cuentos brillantes y misteriosos, que me obsequió en París con Juan Rulfo como testigo, pasé tres noches de insomnio maravillado, en tanto que durante los días correspondientes Juan Rulfo y yo buscábamos con cierta desesperación, en tiendas especializadas en instrumentos musicales, una caja sin violín para el violín sin caja de su hijo Juan Pablo, y en todas esas tiendas tenían cajas sin guitarra para guitarras sin caja, pero en ninguna cajas sin violín para violín.

Nélida Piñón, admirada autora de admirados cuentos y novelas, ciudadana de *La república de los sueños,* con quien, en la desvelada compañía del argentino Osvaldo Soriano, perito en tangos y en Gardel, firmemente instalados, para variar, en la esperanza de la Nicaragua Sandinista, revivimos la buena tradición de las posadas cervantinas y durante varias noches pobladas de recuerdos nos contamos nuestras vidas, al mismo tiempo que el dulce acento brasileño de Nélida nos hacía sentirnos vivamente unidos a la gran literatura de su país.

Así, pues, difícilmente podría exagerar la alegría que siento ahora, cuando la suerte me ha unido, en el espíritu de Juan Rulfo, a este grupo de extraordinarios creadores de la gran patria de todos, gracias al Premio de Literatura Latinoamericana y del Caribe Juan Rulfo, que nos convoca en esta grande y bella ciudad de Guadalajara, que hoy abre una vez más sus puertas a los mexicanos y al mundo.

1996

El autor ante su obra

Contaba Raymond Carver, el gran cuentista norteamericano contemporáneo nuestro, que en ocasión en que un cuento suyo, y siendo él por entonces un desconocido, apareció en una antología de «los mejores cuentos norteamericanos» del año tal, sintió tanto gusto que pasó toda la noche de aquel día en su cama, al lado de su mujer dormida, con el libro en la mano; leyéndolo, pero más bien sólo mirándolo arrobado, hasta que horas más tarde, en la madrugada, el pesado artefacto cayó sobre él, o encima de su mujer, o entre ambos, en el momento en que él mismo sucumbió al sueño y sus manos no pudieron sostenerlo más.

Carver no declara cuál haya sido su actitud ante los libros enteramente suyos cada oportunidad en que éstos fueron siendo publicados a lo largo de los años siguientes.

¿Nos ocurrirá a todos un poco lo mismo?

De mí sé decir que cuando en 1959 salió a la luz por primera vez, en México, mi libro *Obras completas (y otros cuentos),* me costó mucho trabajo acostumbrarme a la impresión que me produjo verme por fin convertido en autor, posibilidad que durante largo tiempo había yo pospuesto, y lo que sólo movido por solicitaciones ajenas a mí me atreví a hacer, como pensando en otra cosa, algo tardíamente, cerca ya de los cuarenta.

El día en que por fin eso sucedió me desasosegué tanto que me sumí en otro silencio de diez años antes de decidirme a repetir la experiencia con *La Oveja negra y demás fábulas;* y en otro enmudecimiento más, esta vez de tres, para llegar al tercero, *Movimiento perpetuo*. En la misma forma, queriéndolo o no, he terminado por publicar nueve libros en cincuenta y siete años, a partir de la tarde en que entregué a un periódico mi primer cuento, en Guatemala y en 1941.

Cuando las reediciones de todos ellos inevitablemente se han sucedido, recuerdo siempre la salida del primero con parecida emoción.

Y, por cierto, con la misma inseguridad. En aquel tiempo difícilmente podía yo soportar que alguien, en cualquier reunión, o en la calle o en donde fuera, me hablara de mi libro recién aparecido, y si por acaso lo elogiaba, me invadía tal sensación de vergüenza que yo, como podía, cambiaba la conversación o, sencillamente, huía; huía con preferencia hacia mi casa y, ya en ella, solo, solitario, abría el pequeño volumen y leía partes aquí y allá, en busca de qué cosa podía ser lo que a mi ocasional interlocutor le había gustado, o interesado; miraba pensativamente al techo, y si era ya una hora avanzada, llevaba conmigo el libro a la cama, como Carver cuenta que hizo.

Uno no cambia. Todavía lo hago, poseído por una vaga mezcla de gozo, inquietud y temor.

En los últimos años, un libro mío recién publicado que se desliza de mis manos en la alta noche es lo único que se ha interpuesto entre mi mujer y yo.

La metamorfosis de Gregor Mendel

Había nacido en Heinzendorf, en la Silesia austriaca, el 27 de julio de 1822. Sus padres lo bautizaron Johann, Johann Mendel; pero era evidente, aunque sólo lo mostró más tarde, que las mutaciones le gustaban, y así, mudó su nombre de pila por el de Gregor cuando en 1843, a los veintiún años de edad, ingresó al monasterio agustino de Brünn, en Moravia. Fue ordenado sacerdote en 1847. Sin embargo, en su retiro se interesó más en las cosas de la Tierra que en las del Cielo, en donde, como se sabe, todo cuanto es lo es eternamente y permanece idéntico a sí mismo por siempre jamás.

Su curiosidad ante los fenómenos del mundo terrenal lo inclinó a estudiar las ciencias físicas, químicas, matemáticas y botánicas de su época; pero las pésimas notas que lograba en biología y geología le impidieron a lo largo de su vida ser profesor universitario. Esta aparente desgracia resultó benéfica, toda vez que lo condujo, fuera de las aulas, a reparar en cosas no vistas por ningún otro hasta aquel momento. Sus descubrimientos de las primeras leyes de la herencia permitieron más tarde a otros estudiosos fundar la ciencia genética. Pasado el tiempo, estos sabios hallaron con asombro que el buen Gregor —querido por todos y ya muerto sin ninguna fama— había llegado a iguales conclusiones que ellos treinta y cuatro años antes.

A través de sus espejuelos de delgadísimo aro de plata, Gregor procesó, como se diría ahora, miles de datos obtenidos durante muchas horas y días y meses de observación minuciosa de cuanto ser vivo encontrara a su alcance, ya fueran los guisantes del jardín del convento, los perros que en las mañanas lo saludaban con entusiasmo dando brincos a su alrededor, o las huidizas cucarachas que en la cocina terminaron por acostumbrarse a su mirada escrutadora pero inofensiva, y para la cual, tanto ellas, como los perros o los guisantes, eran diferentes de un día a otro, de minuto en minuto.

Todo cambia, en efecto, y todo se transforma, por leyes biológicas o del azar. Y también, que es lo que ahora me interesa, por causa de la distracción o el descuido.

La señorita Christine Ammer es una acuciosa lexicógrafa norteamericana que a lo largo de su vida ha venido publicando libros de los llamados «de referencia»: entre ellos un *Diccionario de la música,* una *Historia de la mujer en la música de los Estados Unidos* y un *La salud de la mujer de la A a la Z,* según se lee en la contraportada de su última obra, *It's Raining Cats and Dogs and Other Beastly Expressions,* título cuya traducción libre vendría a ser entre nosotros algo menos bestial: *Llueve a cántaros.* Pero no se trata ahora, como le habría gustado a Mendel, de los gatos y los perros del título en inglés de este libro en su calidad de seres vivos sujetos a cambio, toda vez que, como lexicógrafa, a Christine le interesan más bien las expresiones de lengua inglesa formadas con nombres de animales, desde los elefantes («que nunca olvidan») hasta las pulgas («en la oreja»).

Siendo yo un buen amigo de las moscas y otros seres parecidos, y habiendo publicado, por mi parte, un libro de fábulas con animales de todas clases como protagonistas, era natural que esta obra me atrajera de principio a fin, y que una vez metido en ella encontrara allí referencias a numerosos amigos pertenecientes a las letras clásicas y modernas, desde Esquilo (a propósito de toros degollados) hasta Carl Sandburg (a propósito de la niebla que se desplaza con pies de gato), pasando por Ovidio (a propósito del halcón siempre en armas), por William Shakespeare (a propósito de pavos presuntuosos) y por Edgar Allan Poe (adivinen a propósito de qué pájaro siniestro).

Debo confesar que aun cuando en el libro de Ammer cualquier encuentro de esta clase era posible, para mí fue una sorpresa toparme de pronto entre sus páginas con nuestro ya viejo amigo Gregor Mendel, casi convertido, no por las leyes de la herencia sino por las del error o el distraimiento, en una de mis protagonistas más queridas del reino animal, mía y de Franz Kafka, en la entrada CUCARACHA.

«CUCARACHA —asegura Christine Ammer en la página 234 de la edición de bolsillo de su manual—. Una peste doméstica en el mundo entero, la humilde cucaracha fue hecha famosa por dos escritores del siglo veinte de posición muy distinta. El escritor checo Franz Kafka transformó a Gregor Mendel, protagonista de su novela *La metamorfosis,* en una cucaracha desde el comienzo de su relato, quien a partir de ahí vio el mundo desde esa perspectiva sombría y angustiosa».

Después de esto, el otro escritor del siglo veinte que anuncia Christine ya no viene al caso; pero es bueno imaginar lo que habría pensado el viajante de comercio Gregor Samsa, el verdadero protagonista de *La metamorfosis* kafkiana, y si su angustia habría sido menor, o mayor, si al despertar aquella mañana, después de un sueño intranquilo, se hubiera encontrado convertido ya no en un «monstruoso insecto» sino en el apacible monje austriaco Gregor Mendel.

Las mentes literarias fueron anteriores a las científicas; pero con el tiempo unas y otras se entremezclan, en forma natural o por injerto, se confunden y terminan por volverse una sola. En mi primera juventud leí los *Recuerdos entomológicos* de Henri Fabre como literatura, y el relato de su búsqueda de escarabajos me fascinó casi tanto como las novelas de Alejandro Dumas, quien a su vez convertía la historia en materia novelística; algunos árboles, y sobre todo los animales de Plinio el Viejo y de Herodoto son en nuestros días representaciones ya sin duda fantásticas; pero es verdad que en la imaginación poética y transformadora nadie ha superado nunca la planta fugitiva de Dafne convertida en laurel por Ovidio y por nuestro Lope de Vega.

Pero ¿por qué ir tan lejos en el tiempo y en el espacio? Yo mismo, aunque humilde, introduje en mi primer libro de cuentos un animal —que fue real en la era mesozoica y es hoy prácticamente un producto de la fantasía—, un dinosaurio. Un dinosaurio que en la imaginación de escritores amigos y conocidos míos ha ido convirtiéndose (muy rápido para su antigua costumbre: en un período de apenas cuarenta años) en un finísimo animal de otros mundos, otras imaginaciones y otras épocas en el primer caso que citaré, y en una bestia más o menos familiar de carne y hueso y fuertes mandíbulas atrapadoras de moscas en el segundo.

En su artículo sobre el cuento oral y breve aparecido hace un tiempo en el diario *El País* de Madrid, titulado «El cuento oral y popular», uno de estos queridos y admirados amigos, Mario Vargas Llosa, declara al final: «No quiero terminar estas líneas sin recordar el maravilloso cuento brevísimo de Augusto Monterroso: "Cuando despertó, el unicornio todavía estaba allí"».

Por su parte, otro admirado escritor y querido amigo, Carlos Fuentes, declara en las brillantes páginas de su libro *Valiente Mundo Nuevo*: «Entre los dos [Scheherezada y Oliveira], para salvarse de la muerte común que les acecha, de esa vida que "se agazapa como una bestia de interminable lomo para la caricia (Lezama), de ese cocodrilo que al despertar *sigue allí,* según la breve ficción de Augusto Monterroso, inventan esta novela y la ofrecen al mundo desnuda, desamparada, la materia de múltiples lecturas, no sólo una: un texto que puede leerse de mil maneras"».

En la literatura y en la vida los seres humanos y los animales cambian de forma y de ser: ovidiana, mendeliana o kafkianamente se metamorfosean unos en otros y, felizmente, pueden convivir, en la misma época o con diferencias de miles de años, en un sitio privilegiado desde el que salen una y otra vez a enfrentar el mundo: la poderosa imaginación de poetas y novelistas, según la cual mi viejo dinosaurio ha pasado a ser también, entre otras bestias reales e imaginarias, rinoceronte, hipopótamo y dragón.

Vivir en México

Sí —contesté—; pero cuando en 1944 llegué a México por primera vez como exiliado político, no sólo no era yo el único de éstos sino que me perdía entre la multitud de otros que se encontraban en la misma situación.

México era entonces, cuando la vida comenzaba, como una prolongación de Europa en guerra, quiero decir que había aquí ya tantos refugiados españoles, checos, alemanes, lituanos, húngaros, rusos, etcétera, que aquel dolor en apariencia remoto podía tocarse literalmente con la mano cada vez que uno estrechaba la de uno de ellos, cosa que pasaba a cualquier hora del día o de la noche, en cualquier casa y casi en cualquier calle.

Estaban también los hispanoamericanos, venidos de la lejana Bolivia, del Perú o de Venezuela, y de aquí cerca, de Nicaragua o de Cuba, con los que uno gastaba largas partes de su tiempo hablando del cercano fin de la guerra y de la mejor manera de cambiar el mundo, o sea de política, tanto que de vez en cuando, en medio de una reunión en la que el alcohol había hecho también lo suyo, podía escucharse la voz de Ernesto Cardenal que rogaba desesperado: «¡Hablemos de literatura!». Y por fin, cuerdamente, hablábamos de literatura.

Todo aquello ha quedado atrás, como un sueño.

Sin embargo, cuarenta y cinco años más tarde, México sigue siendo el mismo y, por desgracia, Hispanoamérica sigue siendo la misma. Y Europa, ¿volverá a ser la misma? ¿Qué nuevas oleadas de refugiados, checos, alemanes, lituanos, húngaros o serbio-croatas volverán, como en un eterno retorno, a instalarse en los cuartos de criados del centro de la ciudad, como yo lo hice? ¿Habrán llegado ya algunos cuando aparezcan estas líneas?

No; yo no vine a México por mi voluntad; pero por mi propia voluntad sigo aquí, el sitio que considero el mejor para vivir, trabajar y soñar, conservada, como la conservo, esta última capacidad, y cerradas las puertas de mi patria, Guatemala, envuelta hoy en crímenes más atroces que los que me empujaron al exilio en 1944; y en 1954, hasta el día de hoy.

¿De qué manera formular, dada mi circunstancia, un elogio de México que no parezca interesado, hijo de la mera gratitud o, lo que sería peor, cursi?

Hace poco me pidieron en España que hablara de la literatura fantástica mexicana. Y la he buscado y perseguido: en la mía y en bibliotecas públicas y privadas, y esa literatura casi no aparece, porque lo más fantástico a que pueda llegar aquí la imaginación se desvanece en el trasfondo de una vida real y de todos los días que es, no obstante, como un sueño dentro de otro sueño. Lo mágico, lo fantástico y lo maravilloso está siempre a punto de suceder en México, y sucede, y uno sólo dice: pues sí.

En medio del ruido de la ciudad inmensa hay un gran silencio en el que pueden oírse voces, voces altas y voces apagadas como los murmullos que emitía mi amigo Juan, Juan Rulfo, antes de desaparecer en su propio silencio. Y entre esas voces vivo y persisto, y con una adecuada dosis diaria, bueno, tal vez sólo semanal, de Séneca, estoy contento aquí, voy y vengo, me alejo y regreso, como desde el primer día. Aquí tengo familia, tengo mujer y tengo hijos; y tengo amigos, cada vez menos, porque las amistades se desgastan, desaparecen o se van concentrando en unos pocos que, a su vez, empiezan a ver las cosas del mismo modo, es decir, con nostalgia, porque la vida está acabando y es mejor irse despidiendo en vida, sin decirlo, simplemente dejándose de ver, de llamar, de amar.

1990

Este libro
se terminó de imprimir
en los Talleres Gráficos
de Anzos, S. L.
Fuenlabrada, Madrid (España)
en el mes de enero de 1999